KB078274

봉사 장편 소설

FUSION FANTASTIC STORY

스킬러
SKILLER

스킬러 5

봉사 장편 소설

초판 1쇄 찍은 날 § 2015년 2월 6일
초판 1쇄 펴낸 날 § 2015년 2월 13일

지은이 § 봉사
펴낸이 § 서경석

편집부장 § 권태완
편집책임 § 박용서

펴낸곳 § 도서출판 청어람
등록번호 § 제387-1999-000006호
등록일자 § 1999. 5. 31
어람번호 § 제1-2048호

주소 § 경기도 부천시 원미구 부일로 483번길 40 서경B/D 3F (우) 420-822
전화 § 032-656-4452 팩스 § 032-656-4453
http://www.chungeoram.com
E-mail § chungeorambook@daum.net

ⓒ 봉사, 2014

ISBN 979-11-04-90107-2 04810
ISBN 979-11-316-9276-9 (세트)

봉사 장편 소설

FUSION FANTASTIC STORY

스킬러

5

SKILLER

CONTENTS

SKILLER
스킬러

제33장
과격한 남자

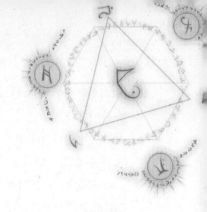

1월 23일 목요일, 오전 11시 11분.

따리리릭. 따리리릭.

더듬더듬. 슥슥슥.

가늘고 하얀 팔이 이불 속에서 툭 튀어나와 곤충의 더듬이처럼 소리의 진원지를 찾아 움직인다.

"난 더 자야 해… 제발 닥쳐, 이 끔찍한 괴물아."

잠이 덜 깬 여인의 투덜거림이 두꺼운 이불 속에서 터져 나왔다.

펄럭.

여자는 짜증을 폭발시키며 이불을 침대 밖으로 내동댕이쳤다.

그토록 찾아 헤매던 요란한 자명종이 반쯤 감긴 그녀의 눈에 들어왔다.

그녀의 팔이 5센티미터만 더 길었어도 그녀는 5분의 단잠을 더 잘 수 있었으리라.

여자의, 아니, 조준희의 손이 해머가 되어 충실한 자명종의 정수리를 내려쳤다.

쾅!

준희의 폭력이 그녀가 그토록 원하던 정적을 만들었다.

"달달하니 좋았는데. 3분만 더 늦게 울리지… 망할 기계."

해머였던 준희의 손이 갈고리가 되어 자명종을 부술 듯 쥐었다.

저 단단한 벽을 향해 자명종을 냅다 던져 버리고 싶은 마음이 굴뚝같다.

짧은 순간, 그녀는 자신의 이러한 욕구와 이성 사이에서 줄다리기를 했다.

운명은 자명종의 편을 들어주었다.

매일이 살얼음판인 자명종은 오늘도 이처럼 살아남았다.

하얗고 늘씬한 여인의 다리가 침대 밖으로 하나씩 나온다.

적당한 크기의 예쁜 발, 얇은 발목, 날씬한 종아리, 순백의 포동포동한 허벅지.

축 처진 긴 웨이브 머리를 순식간에 말아 똥(?)을 만든 준희는 이를 머리에 이고 두 팔을 길게 늘어뜨린 채 어슬렁어슬렁 반개한 눈으로 화장실로 다가갔다.

그때 창밖의 풍경이 그녀의 시선을 잡아끌었다.

'어라, 웬 세단 석 대? 무슨 일이지?'

그녀가 바라보는 곳은 현성의 집 대문 앞이었다.

갸웃갸웃.

＊　　　　＊　　　　＊

아연과 희연의 아버지 유일국이 일본 대사관 직원들과 함께 현성의 집으로 들이닥쳤다.

현성은 유오찬의 권유대로 자매를 그날―후이넘 3차 침공 예정일―까지 소백산 은신처에서 생활하도록 하려 했지만 자매가 이를 거부했기에 더 이상 강요하지 않았다.

자매는 자신들의 트라우마를 극복하기 위해 정면 돌파를 결심했다.

그녀들의 그 용기를 현성은 꺾고 싶지 않았다.

타지를 경계로 하여 한쪽엔 유일국과 일본 대사관 직원들이 앉아 있었고 맞은편엔 현성과 경상도, 그리고 자매가 자리해 있었다.

뻔뻔한 자매의 아버지 유일국은 빚 받으러 온 사람처럼 큰소리를 쳤다.

"뭐야? 감히 낳아준 아버지를 버리겠다는 거냐? 이년들이 대가리 컸다고 아버지를 무시해! 오냐, 덜 맞아서 그렇지. 오늘 제대로 맞아보자! 썅."

아버지란 이름이 그에겐 대단히 큰 벼슬처럼 느껴진다.

책임을 다하지 못한 부모에게 자식은 늘 순종하고 따라야 하는 걸까?

유일국은 앞에 놓인 찻잔을 움켜잡았다.

자매를 향해 뿌릴 심산이었다.

턱.

"그만하세요, 유일국 씨."

유일국과 동행한 여자가 그의 팔목을 잡았다.

한 성깔 하는 유일국이지만 이 여자 앞에서만큼은 놀라울 정도로 고분고분했다.

사나운 개도 먹이를 던져 주는 주인에겐 짖지 않는 것과 같은 이치다.

"예, 알겠습니다, 나나세 상."

나나세 에리카. 그녀는 유일국을 일반 지역 집단농장에서 데리고 나온 일남일녀 중 한 명이었다.

전날 그녀와 함께 농장으로 찾아갔던 남자도 이 자리에 동석하고 있었다.

독이 잔뜩 오른 독사처럼 매서운 눈빛의 남자다.

그의 이름은 하세가와 순죠.

남녀는 일본 지부 소속의 스킬러 나이트로, 상부의 지시에 따라 현성에 대한 영입 임무를 맡고 있었다.

"고마워요, 유일국 씨."

아연과 희연은 아버지의 상냥한 모습을 처음 보았다.

자매가 기억하는 아버지는 그저 잔인하고 난폭했으며 매우 신경질적인 사람이었다.

오죽하면 숨 쉬는 것조차 아버지 앞에서는 마음대로 할 수 없을 정도였다.

조금이라도 아버지의 신경을 건드리면 그날은 죽을 만큼 맞고는 했다.

이것이 아버지에 대한 자매의 기억 전부였다.

파랗게 질린 얼굴로 잔뜩 굳어 있는 자매에게로 에리카의 시선이 향했다.

그녀의 눈과 표정은 웃고 있었다.

하지만 전체적인 분위기는 속을 알 수 없는 위험한 여자라는 느낌을 강하게 풍겼다.

"아연 양, 희연 양이 아버지와 사이가 좋지 않았다는 것은 알고 있어요. 하지만 유일국 씨에게 두 분은 자식입니다. 자식은 부모를 봉양하고, 부모는 자식을 보살펴야 합니다. 이것이 혈육이 아닐까요?"

현성에게 당차게 현실을 정면 돌파하겠노라 피력했던 희연은 아버지의 그림자를 보자마자 예전의 기억이 떠올라 몸서리쳤다.

자신이 아버지보다 월등히 강하단 사실을 인식하고 있으면서도 마치 천적 앞으로 끌려간 사냥감처럼 몸과 마음이 쪼그라들었다.

"나나세 씨라고 하셨죠?"

아연이 침착한 표정으로 에리카를 응시했다.

그녀 역시 아버지의 얼굴과 음성에서 적지 않은 공포심을 느끼고 있었다.

하지만 이 악연을 자신이 먼저 끊지 않으면 언제까지고 그때의 겁먹은 어린 계집아이처럼 평생을 가슴 졸이며 살 것 같았다.

"에리카라고 부르세요, 아연 양."

일본은 서로 친하지 않으면 성씨로 상대를 부른다.

이는 아연도 알고 있었다.

"나나세 씨, 저와 희연인 저 사람을 아버지로 인정하지 않아요. 그리고 아버지란 이름 따위도 더는 듣고 싶지 않아요. 유일국, 저 사람은 우리와 관계없는 사람입니다. 그러니 두 번 다시 이런 일로 당신과 저 사람을 보고 싶지 않습니다."

아연은 안간힘을 다해 자신의 뜻을 밝혔다.

유일국이 그녀의 말에 격분했다.

"뭐, 뭐야! 이년이 얻다 대고 당신이야! 그게 자식이 아버지에게 할 소리야! 나나세 상, 정말 죄송합니다. 제 딸년이 싸가지가 없습니다. 그러니 제게 맡겨주십시오. 제가 저년의 버릇을 단단히 고쳐 놓겠습니다."

유일국이 아연을 몰아붙이자 아버지에 대한 공포와 내심 맞서고 있던 희연이 발작적으로 고개를 쳐들었다.

희연의 전신에서 거대한 분노와 적의가 사납게 뿜어졌다.

다르르르르.

탁자와 찻잔이 그녀의 기세에 흔들리고 떨렸다.

유일국은 이 모습에 놀라 크게 흠칫했다.

반면 에리카와 순죠는 눈을 반짝였다.

'저 꼬맹이… 스킬러 나이트인가? 의외의 소득이군. 그럼 저 녀석의 언니도?'

눈앞에 펼쳐진 상황에 놀란 유일국은 겁에 질려 움츠러들었다.

하지만 이도 잠시뿐이었다.

유일국은 자신과 함께 온 일본 사람들을 믿었다.

"이, 이년이 낳아준 은혜도 모르고 어디서 발광이야!"

"당신이 우리에게 해준 게 뭔데! 뭘 그리 잘해줬다고 우리를 괴롭히는 건데? 당장 이 집에서 나가! 두 번 다시 우리 앞에 나타나지 마! 다시 나……."

극도로 흥분한 희연이 유일국을 공격할지도 모른다는 생각이 든 아연은 급히 여동생을 제지했다.

유일국을 부정하고 또 부정한다 해도 친부인 것은 어쩔 수 없었다.

아연은 희연이 패륜아가 되길 원치 않았다.

"희연아, 진정해."

"저, 정말 화가 나, 언니… 사람이 어떻게 저렇게 뻔뻔할 수 있어? 어떻게 저럴 수 있느냐고!"

격분한 희연의 주먹이 탁자를 내려쳤다.

두껍고 단단한 원목 탁자는 그녀의 일격에 두 조각이 나서

맞절하는 모양새가 되었다.

언제 도망쳤는지 유일국은 저만치 달아나 진땀을 삐질 흘리며 에리카와 순죠의 눈치를 살폈다.

에리카의 웃는 얼굴은 이 순간에도 변함이 없었다.

자세도 흐트러지지 않았다.

이는 그녀의 파트너 순죠 역시 마찬가지였다.

현성은 내내 과묵한 참관인이 되어 팔짱을 낀 채 사태를 주시할 뿐 나서지 않았다.

흥분한 경상도를 가끔 툭 쳐서 진정시키는 일 외에는.

"화해와 용서의 아름다운 상봉을 기대했는데 부녀간의 골이 예상보다 깊군요. 아무래도 법적으로 대처해야겠습니다. 희연 양이 지금은 우리가 얄밉게 보이겠지만 세월이 지나면 오히려 우릴 고맙게 여길 거예요. 그게 천륜의 이치가 아니겠어요? 유일국 씨."

"예, 예."

"아버지로서의 위신을 지켜주세요. 아버지는 권위가 있어야 합니다, 유일국 씨."

"무, 물론입니다, 나나세 상. 아무렴요. 그래야죠. 하… 하."

"자, 그럼 두 분을 그동안 보호해 주신… 음, 선우현성 씨."

자매는 자신들의 의견과 감정을 철저히 무시한 채 말을 딱딱 끊어버리는 에리카를 사납게 쏘아보았다.

현성은 반발 직전의 자매를 진정시켰다.

나직한 음성으로 말하는 그의 흔들림 없는 표정과 눈빛은 자매에게 강력한 진정제로 작용한다.

"말하시오."

"젊은 분이 참 딱딱하시군요. 아연 양과 희연 양이 여기 유일국 씨의 자녀라는 것은 당신도 인정하시죠?"

희연에게서 격분의 조짐이 보인다.

현성이 손을 들어 맥을 끊었다.

"잠깐."

현성은 에리카를 향했던 시선을 거둬들인 뒤 상도를 돌아보았다.

"애들 데리고 2층으로 올라가."

"알겠습니다."

상도는 가지 않으려고 버티는 자매를 간신히 다독여 2층으로 향했다.

눈치만 보고 있던 유일국이 갑자기 일어나 자매와 상도의 앞길을 가로막았다.

자신의 가치를 증명하지 못하면 다시 제 인생이 영영 시궁창으로 떨어져 버릴 것만 같아서였다.

"못 가! 가려거든 네놈이나 꺼져!"

그 말을 듣고 짜증이 치민 상도의 입 매무새가 사납게 비틀렸다.

그것은 차가운 경멸이었고 진득한 살의였다.

"이봐, 한심한 아저씨. 댁 딸… 아니지, 이젠 남남이지. 두 아가씨가 당신 꺼지라고 했잖아. 귓구멍 막혔어? 그리고 어른

이면 다야? 아버지면 다냐고! 그건 아니잖아. 시. 발. 놈. 아. 그러니까 얌전히 찌그러져 있다가 우리 캡틴의 보배로운 훈화나 듣고 꺼져. 그리고 앞으로 뒤통수, 앞통수 조심해라. 길거리 가다가 내 눈에 띄면 밤이고 낮이고 상관없이 바로 까버릴 거다. 나랑 댁이랑은 아무 관계도 아니니까. 알겠어?"

상도는 더 험악한 말과 더 살벌한 경고를 유일국에게 해주고 싶었다.

아니, 지금 당장 모가지를 비틀어 뽑아버리고 싶었지만 자매의 기분을 생각해서 꾹 눌러 참는 중이었다.

"이, 이……."

퍽.

버티던 유일국은 상도에게 떠밀려 바닥에 주저앉았다.

참으로 꼴불견이다.

아연과 회연은 유일국에게 눈길 한 번 주지 않은 채 2층으로 올라가 버렸다.

자매의 원래 계획은 냉정하고 의연한 태도로 사태를 마무리하는 것이었다.

자신들의 트라우마를 먼지처럼 날려 버리는 게 이들의 목적이었다.

하지만 현실은 실패였다.

그것이 자매를 슬프고 비참하게 만들었다.

"야… 야, 이 개새끼야, 너 몇 살이야? 넌 어미 애비도 없… 히끅."

자매를 먼저 올려 보낸 상도가 쿵쾅거리며 다시 내려왔다.

막상 상도와 얼굴을 마주하자 유일국은 심장이 떨어져 나갈 듯 놀랐다.

그는 에리카와 순죠, 그리고 대사관 직원들에게 도움을 요청하는 눈길을 보냈다.

하지만 아무도 그를 돕지 않았다.

오히려 상도에게 한 대 얻어맞기를 바랐다.

그편이 일을 처리하는 데 도움이 되기 때문이다.

"상도, 올라가라."

"끄응, 알겠습니다."

주변 정리를 끝낸 현성이 에리카를 응시했다.

그의 눈빛은 나도 정리했으니 너도 이만 정리해라! 하는 의미를 담고 있었다.

"모두 차에 돌아가 기다리세요. 순죠 상도 가세요."

"에리카?"

"괜찮아요. 우린 싸우러 온 게 아니잖아요."

"알았다. 그럼."

쪼개진 탁자 양편에 현성과 에리카, 둘만 남았다.

게임은 지금부터 시작이었다.

*　　　　*　　　　*

현성의 집과 그 이웃들이 모여 사는 집들을 일목요연하게 살펴볼 수 있는 위치의 한 가옥.

"오찬 님, 놈들이 현성 씨의 집으로 들어갔습니다."

용수의 보고를 듣자 오찬의 음성이 핸드폰에서 흘러나온다.

─쉽게 갈 수 있었는데. 아쉽군.

"계속 지켜볼까요? 아니면 개입할까요?"

─그쪽에 빌미를 제공할 순 없어. 뒤통수치는 게 장기인 놈들이니까.

"자매 역시 뛰어난 스킬러 나이트입니다. 그들을 내주는 것도 저희로서는 손실이지 않습니까?"

─어쩔 수 없어. 어려운 길을 선택한 선우현성에게 모든 걸 맡기는 수밖에.

용수는 오찬을 이해할 수 없었다.

언제나 그는 제 식구 하나만큼은 끝까지 책임지고 보호하는 인물이었기 때문이다.

현성이 이쪽에 가담한 이상 그도 한국 지부의 식구가 아닌가.

'오찬 님은 그를 의심하는 걸까?'

그렇다고 하기에는 그간 현성에게 들인 오찬의 정성이 너무나 지극했다. 한 번 점찍은 표적에겐 결코 자비와 용서를 모르는 그 단호한 성격에 비춰볼 때.

─용수.

"아, 예."

─넌 선우현성이 어떤 인물이라고 생각하지?

"그게 무슨?"

—난 말이야. 그 녀석은 뭐든 다 해낼 것 같아. 그게 무엇이
든 놈이 하고자 하면 전부 이루어질 것 같거든.

"그렇게 그가 대단합니까?"

—대단하다라… 그 표현도 녀석을 설명하기엔 부족하지 싶
다. 어쨌든 조용히 지켜보기만 해. 일이 생기면… 음, 아무래
도 오늘은 연락이 안 될 거야. 중요한 볼일이 생겼거든. 그럼
수고.

급한 호출을 받은 듯 오찬이 서둘러 통화를 종료했다.

이는 흔치 않은 경우였다.

'무슨 일이시지?'

걱정스러운 기색의 그를 향해 한 남자가 달려와 보고했다.

"용수 형님, 놈들이 나오고 있습니다."

"자매는?"

"안 보입니다. 아, 나나세 에리카도 보이지 않습니다."

부하의 보고를 듣자마자 단숨에 창가로 달려간 용수는 유일
국과 일본 지부 소속 조직원들을 눈여겨 살폈다.

*　　　*　　　*

한 소녀의 격분한 흔적을 사이에 두고 마주 앉은 선우현성
과 나나세 에리카.

그녀는 시종일관 그 작고 새하얀 얼굴에서 웃음을 잃지 않
았다.

웃음은 국적과 인종과 남녀의 구분을 막론하고 모두에게 호감을 살 수 있는 긍정적인 표정 언어다.

하지만 마음의 창인 그녀의 눈동자를 들여다보노라면 호감은커녕 불쾌감만 맛보게 된다.

그녀의 두 눈에 담긴 바로 그 교만함 때문에.

"무능하고 이기적인 이런 너절한 나라에 당신 같은 대단한 인재라니. 고양이에게 엽전이란 속담이 생각나는군요."

고양이가 어찌 엽전의 가치를 알고 제대로 활용할 수 있으랴.

현성의 과거에 대해 낱낱이 조사한 에리카는 제 나라의 속담을 들어 그의 처지를 비유했다.

인간이든 짐승이든 자신을 싫어하고 박대한 자들을 좋아할리 만무하다.

반감과 원한은 당연했다.

에리카는 바로 이 점을 꼬집고 있었다.

"자매는 낚싯바늘이 아니다. 나 또한 물고기가 아니다."

현성은 유일국을 이용해서 자매를 낚고, 또 자매를 이용하여 자신을 잡으려는 일본 지부의 양식 없는 행동을 날카롭게 지적했다.

에리카의 두 눈에 이채가 잠시 머물다 사라졌다.

현성에 대한 조사 내용 그 어디에도 저 남자의 언변과 직관력에 대해 언급된 부분은 없었다.

단기간에 정보를 끌어모으다 보니 정작 중요한 대상의 성품을 간과한 것이다.

몰아붙여서 꺾을 수 있는 상대가 있고, 차분히 접근하여 그 마음을 먼저 열어야만 할 상대가 있다.

현성은 까다로운 후자의 유형이었다.

'과묵함은 언변이 부족해서가 아니라 지혜를 가졌기 때문인가!'

분란과 싸움은 자고로 경망스러운 행동과 말로 인해 일어나는 법이다.

지혜로운 자는 늘 자신의 몸가짐과 입을 경계하여 자신과 주변을 지켜낸다.

이를 인정한 에리카는 표정과 마음 자세를 진지하게 고쳐 잡았다.

그리고 제 얼굴에서 거짓 웃음기를 거두었다.

"원인과 과정이 존중받던 시대는 이미 쇠락했지요. 우리가 사는 이 시대는 하나의 진실만이 존중받아요. 바로, 결과! 결과론적 사고관으로 이 일을 추진한 것에 대해서는 진심으로 사과드립니다, 선우현성 씨."

자신의 잘못을 끝까지 우겨 사태를 더 악화시키는 인물이 있는가 하면, 잘못을 바로 시인하여 사태를 진화하는 인물이 있다.

에리카는 후자에 속하는 인물이었다.

선우현성의 포섭에 있어서 그녀가 실권을 쥔 배경도 바로 이런 점 때문이다.

여자는 일본인 특유의 정중하면서도 부담스러운 사죄의 절을 현성에게 했다.

에리카의 깊게 숙인 상체가 천천히 꼿꼿해진다.

보통의 경우라면 여자의 태도에 상대는 흔들리게 마련이다.

하지만 현성의 마음에는 미풍도 불지 않았다.

"그 사과가 진심이라면 조용히 당신들 나라로 돌아가라."

"하아, 곤란하군요. 전 부림을 받는 자. 개인의 의지로 결정할 수 있는 사안이 아닙니다. 제게 그것은 월권입니다. 하지만 이것만은 알아주셨으면 합니다. 이 땅과 이 민족은 당신을 품기에는 그릇이 너무 작습니다. 그들의 변덕은 외부의 작은 이간질에도 흔들려 또다시 당신을 궁지에 빠뜨릴 겁니다. 그리고 이 땅과 이 땅의 민족에겐… 실례되는 결론이지만 신념과 미래가 없습니다."

정련된 현성의 마음은 인종, 국적, 민족이란 틀에 얽매여 있지 않았다.

그가 배운 수련은 마음도 함께 정련하는 고차원의 것이었다.

빈틈 하나 없는 현성의 고요한 태도에 내심 에리카는 곤혹스러웠다.

"현성 씨, 당신이 저희와 함께 가주신다면 상상 이상의 것을 가질 수 있습니다."

에리카는 인간을 세 가지 부류로 규정했다.

세속, 인정, 신념.

그녀는 현성을 이 세 가지 부류 중 두 번째, 인정에 휘둘리는 인간으로 판단했었다.

자신의 판단을 뒤집은 에리카는 세속적인 자들이 추구하는 탐욕을 툭 던져 보았다.

"귀찮군."

"당신은 까다로운 유형의 인간이군요, 선우현성 씨."

굳센 신념을 지닌 자는 세속적인 탐욕과 인정에 휘둘리지 않는다. 이 부류의 인간들은 꺾이면 꺾였지 결코 휘어지지 않는다.

회유가 불가능한 자들이다.

에리카의 한숨이 마치 무거운 바윗돌처럼 아래로 떨어졌다.

"난 너희가 생각하는 것 이상으로 과격한 남자다."

"선전포고인가요?"

"좋을 대로 생각하도록."

에리카는 현성의 태도를 보고 자존심에 상처를 받았다.

그 감정이 그녀의 웃음에서 배어났다.

그녀의 웃음은 더 이상 호감을 얻지 못했다.

그 웃음 이면에 숨겨진 그녀의 교만함이 다 들통 났기 때문이다.

"한국인은 예나 지금이나 노예근성에 벗어나지 못하고 있죠. 과거의 이 땅은 중국에 사대했고, 몽고에 사대했으며, 오늘날엔 바다 건너 미국에 사대하죠. 당신들은 스스로 아무것도 할 수 없는 그런 민족이에요. 그러면서도 현대 문명에 눈뜨게 해준 소중한 이웃국인 일본의 큰 은혜에 대해서 후안무치의 전형을 보여주었죠. 저희 할아버지께서 말씀하신 대로 한국인은 매가 아니면 말이 안 통하는 민족인가 보군요."

"흠, 그래서?"

저도 모르게 흥분했던 에리카는 무뚝뚝한 현성의 태도에 찬물을 뒤집어쓴 듯 정신이 번쩍 들었다.

에리카의 웃음이 더 짙어졌다. 반대로 그녀의 두 눈빛은 독이 잔뜩 오른 뱀처럼 위험하게 반짝였다.

"말이 안 통하는군요."

"들어왔으니 나가는 문도 알겠지."

"오늘의 이 수모는 잊지 않겠습니다, 선우현성 씨."

에리카는 천천히 몸을 일으켰다.

현관을 향해 걷던 그녀가 돌연 걸음을 멈추더니 고개를 돌려 현성을 바라보고는 씩 미소 지었다.

"자매는 조만간 저희가 데리고 가겠습니다. 마음의 준비를 해두시길."

조용히 닫히는 현관문.

현성이 천천히 일어나 창문가로 걸어간다.

에리카를 태운 차량이 줄지어 멀어졌다.

이를 확인한 현성의 표정에 잠시 갈등의 빛이 스쳤다.

'유일국을 제거해도 문제고, 안 해도 문제군.'

미우나 고우나 자매의 아버지다. 직접이든 간접이든 그를 제거했다간 자매를 볼 면목이 서지 않는다.

차선은 일본인들의 손에서 유일국을 납치하여 저들이 두 번 다시 그를 이용하지 못하도록 숨겨두는 것이다.

유일국이 현성에게 노출된 지금, 그것은 그에게 어려운 일이 아니었다.

저들이 일본 대사관으로 들어가기 전에…

현성이 차선에 무게를 두고 실행할 결심을 했을 때였다.

잔뜩 굳은 표정의 상도와 자매가 거실로 내려왔다.

정체 모를 검은색 세단 세 대를 목격한 조준희와 그녀에게 이 말을 전해 들은 선화도 지하를 업고 현성네로 찾아왔다.

준희와 선화는 집 안의 무거운 공기에 전염된 듯했다.

선화라면 사족을 못 쓰는 상도조차 이번엔 제자리에만 얌전히 앉아 있을 정도였다.

"무슨 일이에요?"

마른침을 꿀깍 삼킨 준희가 묻는다.

아무도 그녀의 질문에 대답하지 않았다.

상도, 아연, 희연의 시선은 현성의 얼굴에서 떠나지 않고 있었다.

심상치 않은 분위기를 느낀 준희는 자신의 말이 모두에게 씹혔지만 이에 불만을 토로하지 않았다.

"상도."

"예, 캡틴."

"준희 씨와 선화 씨, 집에 모셔다 드려라."

현성은 찾아온 이웃들을 단 한 번도 그냥 돌려보낸 적이 없었다.

그의 태도와 반응은 준희와 선화에겐 낯설게 다가왔다.

군말 없이 일어선 상도는 그들을 데리고 나갔다.

"미안해요, 오빠. 저희 때문에 매번 번거롭게 해드려서."

붉어진 눈으로 아연이 현성에게 사과했다.

희연은 고개를 돌린 채 창밖만 죽어라고 응시했다.

"이번 일은 너희 때문이 아니다. 나 때문이다."

현성의 말은 틀리지 않았다.

일본 지부가 처음부터 노린 자는 선우현성이다.

자매는 그 과정에서 미끼로 잠시 이용됐을 뿐이었다.

화를 삭일 요량으로 창밖만 내내 쳐다보던 희연이 그제야 시선을 돌려 현성을 마주 본다.

"유일국, 그 자식만 없어지면 돼. 내가… 없애 버리겠어."

"희연아!"

아연은 깜짝 놀랐다.

밉든 곱든 아버지다. 금수만도 못한 인간이지만 어찌 자식이 아버지를 해칠 수 있단 말인가.

와락.

희연이 뛰쳐나갈 것을 우려한 아연이 그녀를 뒤에서 껴안았다.

희연은 아무런 반응도 보이지 않았다.

그녀는 오직 현성만 뚫어지게 응시했다.

"그건 내가 허락하지 않는다. 그리고 내게 방법이 있다."

자매의 두 눈이 그를 재촉하고 있었다.

그 방법이 무엇인지.

"유일국을 빼내 그들이 찾지 못할 곳에 숨겨두는 것이다."

아연은 그의 말에 반색했다.

이 모든 분란의 원흉은 아버지다. 그만 사라져 준다면 모두의 걱정도 없어진다.

희연의 저런 무서운 표정이나 결심 역시도.

문제는 현성이 그 일에 성공할 수 있느냐다.

만에 하나라도 그가 실패한다면 일은 걷잡을 수 없는 규모로 커질 수 있었다.

두 번 다시 떳떳하게 얼굴을 내밀 수 없게 될지도 모르는 것이다.

'오빠에겐 민연 언니가 있어. 만약 일이 잘못된다면……'

아연의 마음속에서 상반된 두 개의 마음이 고개를 쳐들었다.

하나는 실패해서 차민연과 그의 관계가 단절되기를 바라는 마음, 다른 하나는 그가 마음에 상처를 받지 않았으면 하는 마음이었다.

"그들도 캡틴의 능력을 알잖아. 그런 데도 그 인간을 버젓이 보여줬어. 함정일 수 있어."

아연은 여동생의 날카로운 지적에 내심 움찔했다.

은혜를 원수로 갚아도 유분수지, 어떻게 이 상황에서 제 욕심만 챙기겠는가.

자괴감과 죄책감에 고개조차 들지 못하는 아연이다.

"그럴 수도 있겠지."

서릿발 같았던 희연의 표정이 누그러졌다.

"언니, 팔 풀어. 허튼짓 안 할 테니까."

"희, 희연아……."

"언니, 캡틴, 우리 돌아가자. 소백산 은신처로 가서 그냥 그곳에서 전처럼 살자."

'희연아?'

"이곳은 우리가 살 곳이 아닌가 봐. 미안해. 내가 고집만 피우지 않았어도 다들 소백산에서 행복하게 살았을 텐데."

희연을 붙들어 맨 아연의 팔에서 힘이 스르르 풀린다.

소백산 은신처.

조용하고 단조로운 그곳의 일상이 희연에게는 답답하게 여겨졌을지 모르지만 아연에겐 아니었다.

하지만 지금은 그때와 상황이 다르다.

현성에겐 차민연이 있지 않은가.

아연은 그래서 희연의 말에 섣불리 찬성할 수 없었다.

속 보이는… 비겁한 짓이기에.

준희와 선화를 데려다 주고 돌아온 상도는 현관에서 이들의 대화를 듣게 되었다.

'그곳이 소백산이었구나?'

이제야 상도는 그 산이 소백산이었음을 알게 됐다.

상도는 현관 앞에서 기다렸다.

현성이 어떤 결정을 내릴지.

'선화 씨랑 지하 데려가면 나도 평생 그곳에서 살 수 있는데.'

술과 유흥, 편리한 생활은 이전처럼 상도를 충족시켜 주지 못했다.

그의 마음에 선화와 지하가 들어오면서부터였다.

"아연이, 네 생각은?"

"저, 전… 오빠 생각에 따를게요."

아연은 이번 한 번만, 딱 이번만 비겁하고 비열한 인간이 되기로 결심했다.

'미, 미안해. 미안해, 오빠.'

한참 동안 현성은 대답하지 못했다.

아연은 그 침묵의 원인이 차민연이라 생각했다.

그녀의 생각처럼 현성은 차민연을 떠올리고 있었다.

"그러자꾸나."

조금은 무거운 마음으로 현성이 결정을 내렸다.

현성이 파악한 에리카란 일본 여자는 그의 입장에서도 결코 만만한 인물이 아니었다.

그런 인물이 자신의 차선책쯤 간파하지 못했을까? 모르긴 몰라도 함정을 파놓았을 공산이 크다.

'선화 씨가 우리랑 같이 갈까?'

현성을 망설이게 한 인물이 차민연이라면, 상도를 망설이게 한 인물은 선화, 그리고 지하였다.

만약 선화가 소백산행을 거절한다면…

상도의 표정이 급속하게 어두워졌다.

자신의 마음이 현재는 일방통행임을 알고 있기 때문이다.

"상도, 들어와라."

현성의 목소리가 생각에 잠긴 상도를 흔들어 깨운다.

*　　　*　　　*

유일국과 일본인들이 돌아간 날 밤.

심사숙고하던 현성은 이웃들을 제집으로 불러들였다.

차기수 전 국장, 승희와 그녀의 아버지 김정호, 선화와 준희.

희연의 손에 부서졌던 탁자는 이미 마당 한쪽으로 치워졌다.

거실은 이들이 모두 둘러앉아도 넉넉했다.

"준희에게서 대충 어떤 상황인지 전해 들었네. 심란하겠구
먼."

이렇게 운을 뗀 차기수는 평소보다 한층 깊어진 태도로 현
성을 응시했다.

현성은 모두를 둘러본 뒤 도시 생활을 청산하기로 했음을
담담하게 밝혔다.

"이 생활을 청산하고 귀향할 생각입니다."

이를 듣게 된 모두가 각자의 사정을 떠올리며 움찔했다.

일단 승희와 그녀의 아버지 정호의 표정이 눈에 띄게 어두
워졌다.

선화와 준희 역시 마찬가지였다.

이들은 알고 있었다, 자신들의 현재가 그와 밀접하게 연관되어 있음을.

"완전한 청산인가?"

이웃들을 대표해 차기수가 물었다.

"지금은 그렇습니다."

"지금은이라… 그렇군. 조용히 떠나도 될 일을 이처럼 모두를 불러 알려주는 이유는 사람들의 걱정을 덜어주기 위함인가?"

"여러분들의 생활엔 큰 변화가 없을 겁니다."

모든 생물은 삶을 유지하기 위해 안정적일 수 있는 최상의 조건을 바란다.

이는 인간성 이전에 본능의 문제다.

이런 상황에서도 자신들을 걱정해 주는 현성의 마음 씀씀이에 다들 고마움과 미안함으로 고개조차 들지 못했다.

내심 심각하게 고민하는 차기수. 그의 표정은 마치 중요한 기로에 선 자의 고뇌와 닮아 있었다.

'그들과 현성 군이 모종의 거래를 하고 있을 것이라 추측했는데… 오해였던가? 아니야, 오해라고 하기엔 증거가 너무 많다. 그럼에도 일본인들이 저리 나오는 건… 내부의 알력이 발생한 것일까?'

사람은 죽어 이름을 남기고, 호랑이는 죽어 가죽을 남긴다.

엄밀히 말해 차기수는 엎드려 때를 기다리고 있는 자였다.

그와 그를 따르는 무리의 궁극적인 목적은 국제 범죄 조직과 결탁하여 국가의 기틀을 문란케 한 정현수 총재의 정치에 있었다.

문제는 정현수를 추종하는 정계, 언론, 관료, 군부의 세력보다 더 걱정되는 자들이 있다는 점이었다.

그 조직의 일각만 보았을 뿐인 데도 차기수는 깜짝 놀라 주저앉을 정도였다.

이들 때문에 그는 정현수의 징치를 미룬 채 동향 파악에만 주력했다.

현성이 정현수 총재의 묵인하에 다시 세상에 나왔을 때, 차기수는 두 사람의 관계를 의심하지 않을 수 없었다.

하지만 조사 결과 두 사람이 손잡지 않았음을 확인할 수 있었다.

'그는 개인적으로 신뢰할 수 있는 인물이다. 이를 믿고 그의 의중을 떠보아도 괜찮을까?'

그동안 차기수는 현성을 면밀히 관찰해 왔다.

회유할 가능성이 있는지를 확인하기 위함이었다.

그 와중에 자신의 딸과 그가 연인 관계로 발전했다.

현성을 의심하면서도 그는 두 사람의 교제를 막지 않았다.

대의를 위해서였다.

차기수는 고민을 끝내고 망설임을 잘라 버렸다.

"자네를 돕는 자들이 이번 일을 해결할 수 없는가?"

넌지시 차기수가 현성의 의중을 떠보았다.

"없습니다."

고심 끝에 겨우 내뱉은 말에 대한 현성의 대답은 솔직했고

거리낌을 전혀 찾아볼 수 없었다. 그의 답변에 차기수는 머릿속이 멍해졌다.

겨우 정신을 수습한 차기수는 내심 경계심을 북돋았다.

이제 어떤 말을 할까? 차기수의 고심이 깊어졌다.

그는 곧 결정을 내렸다.

상대방의 솔직한 태도엔 그에 상응하는 모습을 보여줘야 한다.

"기분 나쁘지 않은가?"

"아니요. 오히려 다행이란 생각이 들었습니다."

사람들은 두 사람의 대화를 이해하지 못했다.

그렇다고 중간에 끼어들기에는 대화 내용이 예사롭지 않았다.

"언제부턴가?"

"얼마 되지 않았습니다."

"음, 그렇군. 모두 거짓은 아니었네."

"알고 있습니다."

차기수는 자신이 진정으로 은퇴할 때가 된 것이 아닐까? 하는 생각이 들었다.

"그렇군."

"그날에 대해 알고 계십니까?"

차기수와 현성의 대화에 사람들은 배가 산으로 간다는 생각이 들었다.

두 사람의 분위기가 조금만 느슨했어도 지금의 대화는 중간에 방해받았을 것이다.

준희는 앞서 두 사람의 대화를 토대로 내심 혼자 추측해 보고 있었다.

'두 사람의 배경이 서로 충돌하는 상황인가? 설마 두 사람이 싸우는 그런 일은… 제발 그런 일은 없어야 할 텐데.'

현성이 그날을 언급하자 차기수는 머리와 손발이 어지러울 지경이었다.

생각의 정리가 필요한 듯 그는 한참 동안 입을 다물었다.

"그날… 알고 있네. 내게 왜 그런 말을 해주는 건가?"

조직의 비밀을 누설하는 것은 보복의 표적이 됨을 의미한다.

이는 조직을 배신할 생각이 없다면 쉽게 할 수 없는 짓이다.

차기수는 아직 현성을 오해하고 있었다.

그는 지금 언급된 '그날'이 정현수 총재를 앞잡이로 내세운 비밀 국제 조직이 본격적인 국내 활동을 시작할 디데이라고 생각했다.

"후이넘 침공까지 보름 남짓 남았군요."

"응? 그, 그게 무슨 말인가? 정현수 총……!"

"정현수 총재라뇨?"

"자, 잠깐. 자네, 방금 후이넘 침공이라고 했나? 자네가 말한 '그날'이 그것이었나?"

모두가 화들짝 놀라 현성을 바라봤다.

지금까지는 난해한 둘만의 대화였다면 이제는 자신들과도 연관된 현실적인 이야기였다.

대부분의 사람은 1년도 안 된 놈들의 침공에 대해 잊고 있었다.

아니, 애써 생각하지 않았다.

"현성 씨, 그게 무슨 말이에요?"

선화는 뒤틀려 터져 버릴듯한 위태로운 불안감을 폭발하듯 내비쳤다.

아픈 기억에서 조금씩 벗어나고 있는 이때 다시 파괴와 죽음과 고통을 봐야 한다는 게 그녀로서는 너무 끔찍했다.

이미 그녀의 마음은 망가질 대로 망가졌다.

이런 그녀의 삶을 지탱해 주는 존재는 오로지 딸 지하와 친구와 좋은 이웃들이었다.

"…지, 진지한 농담. 그런 거죠?"

준희는 선화의 손을 힘껏 움켜잡으며 기도하는 마음으로 말했다.

그녀의 표현 방식은 가벼웠지만 그 표정과 마음은 결코 가볍지 않았다.

동족이 잔인하게 살해당하는 일이 일상인 세상은 생각만 해도 끔찍했다.

인류는 이미 아플 만큼 아팠고, 당할 만큼 당했다.

더 이상의 고통은… 아무도, 그 누구도 원하지 않았다.

현성은 모두가 진정할 때까지 침묵했다.

침묵은 긍정의 의미로 받아들여질 때가 있다. 바로 지금처럼.

차기수는 진정을 되찾았다.

그러나 그 마음마저 완전히 평정을 찾은 것은 아니었다.

'소탐대실할 뻔했구나!'

후이넘이란 끔찍한 괴물은 타협을 모른다.

놈들의 목적은 인류의 멸살에 있는 듯했다. 아니, 분명 멸살
에 있었다.

그 괴수들이 보여준 앞서의 행동들은 이를 명백하게 증명해
주었다.

불완전했던 1, 2차 침공 당시 무사히 몬스터 게이트를 빠져
나온 놈들은 인간에 대한 적개심을 고스란히 드러냈다.

향후 보다 강력하고 완벽한 몬스터 게이트가 열린다면 과연
인류의 미래는 어찌 될까? 차기수는 이를 진심으로 우려하고
있었다.

그런데 놈들의 3차 침공을 일각에선 이미 파악하고 있다지
않은가.

우려했던 수준의 몬스터 게이트라니.

사람들의 반발을 무릅쓰고 각국의 정부가 강제적으로 단행
한 거주 지역 구분의 이유를 그제야 차기수는 납득할 수 있었
다.

제34장

물러서지 않는 자

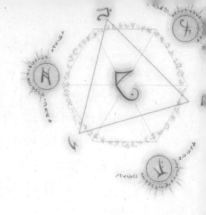

일본 대사관.

나나세 에리카의 표정에는 왠지 모를 허탈함이 두꺼운 양탄자처럼 깔려 있었다.

현성을 자극하는 데에 분명 먹힐 것이라 확신했던 자신의 전략이 불발에 그쳤기 때문이다.

본국에 지원을 요청한 게 무색할 지경이었다.

"에리카, 놈은 움직이지 않았다. 우리가 생각한 것 이상으로 신중한 것 같아."

에리카는 기분이 상한 듯 하세가와 순죠를 쳐다보았다.

그에게 다른 뜻이 없음을 알면서도 얄미웠다.

"정보가 샌 거야. 분명해. 그렇지 않고서야 내 전략이 불발

될 수는 없어."

"쿠리야마 일족을 의심하는 거야? 나나세 일족을 싫어하는 놈들이지만 그런 비겁한 수를 썼겠어?"

"순죠, 놈들을 비호하는 거야?"

눈꼬리를 쳐올린 에리카의 표정은 더할 나위 없이 요악하고 사나웠다.

수컷 사마귀를 뜯어 먹는 암사마귀의 표정이 아마 이렇지 않을까 싶었다.

하지만 사람이 어리석은 것인지, 아니면 그녀에게 푹 빠져서 그런 건지 에리카를 향한 순죠의 살가운 태도는 변하지 않았다.

"그럴 리가 없잖아. 난 언제까지나 에리카의 편이야."

"믿어, 순죠 말이니까."

곁으로 순죠를 불러들인 에리카는 그의 가슴팍을 부드럽게 쓸어내렸다.

순죠의 표정은 황홀감으로 흠뻑 젖었다.

"에, 에리카······."

"쉿! 지금은 아니야. 알았지, 순죠."

"끄응, 알았어."

"내가 오늘 받은 수모를 조금이나마 갚아주고 싶어. 물론 계획에 없던 거야. 협조해 줄 거지?"

"뭐든, 에리카가 원한다면."

순죠의 몸뚱이는 욕망으로 불타올랐다.

거칠어진 숨결과 우악스러운 손길이 에리카를 휘감는다.

달뜬 신음이 에리카의 입에서 흐른다.

그러나 그녀의 눈은 여전히 독사처럼 차갑기만 하다.

"그 녀석의 여자를 납치해, 순죠."

"그 여자를? 어, 어쩌려고."

"걱정 마. 그 여자를 해칠 생각은 없어. 상부의 지시는 유효하니까."

"그럼?"

"말을 듣지 않는 아이에겐 벌을 줘야지. 안 그래?"

"그, 그렇지."

"그 여자를 이용해서 놈을 R구역으로 부를 거야."

에리카의 몸을 탐하는 데 정신이 없던 순죠는 그녀의 입에서 R구역이 언급되자 흠칫 놀라 정신을 차렸다.

R구역은 일본에서 일반인을 상대로 바이오 증폭제의 효능과 효과를 실험했던 지하 실험장으로, 실험체가 된 이들은 이곳에서 단 한 명도 빠져나올 수 없었다.

현대 의학 기술로 후이넘에게서 추출한 바이오 증폭제.

이 약품은 스킬러의 사고력을 말살해 그들을 전투 병기로 만드는 한편, 일반인은 끔찍한 형태로 변형된 괴물로 만들어 버렸다.

살의로 가득 찬 괴력의 위험한 존재로.

"그를 죽일 생각이야? 에리카."

"말했잖아, 지시는 유효하다고. 일을 쉽게 하기 위해서 벌만

주는 거야."

"하지만 R구역은……."

"잊었어? 녀석은 공간 이동 스킬러야. 버겁다 싶으면 알아서 도망치겠지. 자신의 여자를 버릴 거야. 후후."

미래를 목격한 사람처럼 에리카는 이번 일에 자신만만했다.

코뚜레에 꿰인 황소는 연약한 아이에게도 복종한다.

에리카의 궁극적인 목적은 현성에게 죄책감이란 코뚜레를 만들어주는 데 있었다.

"남자라면 제 여자는 목숨을 걸고 지켜야지. 그게 진정한 사나이지! 난 어떤 상황에서든 에리카, 널 반드시 지킬 거야."

"그럼, 순죠는 그런 남자야. 진정한 남자지."

순죠의 손길이 자신의 깊은 곳까지 파고들자 에리카는 그를 밀어냈다.

"왜?"

"R구역은 이틀 후 폐쇄돼. 그곳을 활용할 수 있는 시간은 앞으로 48시간뿐이야. 그 시간을 헛되이 낭비할 수 없잖아."

"그, 그래, 알았어."

욕구로 활활 타오르던 마음을 간신히 억제한 순죠는 반쯤 내린 바지를 추슬렀다.

바람을 전신에 휘감은 순죠는 곧장 어둠 속으로 스며들었다.

반라의 몸으로 비스듬히 누운 에리카. 그녀의 얼굴은 또다시 거짓이 선한 웃음이 차지했다.

＊　　＊　　＊

새벽안개로 자욱한 스킬러 나이트 훈련소.

잠생각이 끊이지 않던 한 남자는 이리저리 뒤척이다 끝내 잠자기를 포기했다.

쿨쿨.

달콤한 숙면에 빠진 룸메이트를 남자는 부러운 듯 바라보았다.

그의 입술을 비집고 나온 한숨이 마치 소리 없는 폭포처럼 무겁게 떨어졌다.

의자에 걸쳐 놓은 트레이닝 상의를 집어 든 남자는 문을 열고 복도로 나왔다.

고요하다.

너무 조용해서 화가… 아니, 무섭다.

자신만 이 세계에 홀로 남은 듯해서.

남자는 피로가 쌓인 묵직한 몸을 이끌고 계단을 지나 기숙사 현관에 도착했다.

남자를 발견한 무장 경비병들이 작게 경례를 붙여왔다.

그들의 인사를 뒤로한 남자가 교정으로 나온다.

안개에 가려진 교정이 더 이상 남자에겐 익숙하지 않았다.

그를 바라보는 무장 경비병들 역시 마찬가지였다.

우두둑 우두둑.

가볍게 몸을 푼 남자가 뛰기 시작했다.

남자의 전신은 이내 저만치에 서 있는 외로운 가로등 불빛 속으로 들어갔다.

교정의 쓸쓸한 새벽이 익숙한 남자는 유승진이었다.

훅훅훅.

조금씩 승진은 속도를 높여 나갔다.

별관을 지나고 본관을 지난 승진은 대운동장 외곽을 한참이나 달렸다. 거칠어진 숨을 허리 숙여 토악질하듯 토해낸 뒤 그는 땀으로 젖은 상체를 곧게 폈다.

이 새벽, 짙은 안개에 휩싸인 훈련소보다 더 어두운 기색이 승진의 얼굴을 두껍게 감쌌다.

'민연 씨…….'

어둠의 바다 위에 뜬 섬처럼 보이는 여자 기숙사 건물이 승진의 가슴을 후벼 판다.

애정은, 사랑은… 각오 따위 백 번을 세워도 순식간에 이를 허물어 버린다.

너무 아픈 건 사랑이 아니라던데.

승진은 천천히 걸었다.

대운동장 외곽 길에 붙어 있는 쉼터. 이곳에 서면 민연의 방 창문이 보인다.

그는 그녀의 불 꺼진 방을 지금처럼 찾아와 훔치듯 보곤 했다.

자신처럼 그녀도 잠을 이루지 못해 저 활짝 열린 창……!

'…창문이 왜?'

                    *   *   *

1월 24일 금요일, 오전 7시 30분.
현성은 영상 문자를 받았다.

—차민연을 구하고 싶다면 송신한 영상의 장소로 와라. 너만
와야 한다. 서두르는 게 좋을 거야, 그녀를 잃고 싶지 않다면.

영상의 장소는 호러 영화에나 등장할 법한 오래된 감옥을
연상시켰다.

'뭐지?'

민연은 경비가 삼엄한 스킬러 나이트 훈련소에 있다.

그곳엔 다수의 스킬러 나이트와 무장 병력이 24시간 경계를
유지하고 있었다.

그런 곳에 있을 민연이 납치되었다니.

창가로 걸어간 현성은 차기수의 집을 바라보았다.

민연이 납치되었다면 그 소식은 차기수에게도 전해졌으리
라.

하지만 차기수의 집은 평소와 다름없이 평온해 보였다.

"못된 장난인가?"

지이이잉.

또다시 문자가 도착했다. 이번엔 달랑 사진 파일만 전송됐다.

파일을 열어본 현성의 표정이 싸늘해진다.

사진에 찍혀 있는 건 양손이 묶인 채 아래로 축 늘어져 있는 민연이었다.

촬영 날짜와 시간이 사진 하단에 선명하게 박혀 있다.

날짜는 오늘이고 촬영 시간은 불과 두 시간 전인 5시 30분경이다.

현성은 즉시 민연에게 연락을 취했다.

민연이 아닌 다른 사람이 그녀의 전화를 받았다.

―현성아.

"…인경이 누나?"

인경의 목소리와 느낌은 현성이 알던 평소와는 크게 달랐다.

―차 국장님이 알려준 거야?

현성의 시선이 차기수의 집으로 재차 향한다.

보다 꼼꼼해진 눈길이다.

그의 눈길이 한곳에 멈추어 움직이지 않았다.

차기수 전용 노면 주차장에 그의 차량이 없었다.

―차 국장님과 함께 오는 거야? 현성아.

"아닙니다."

―어, 그럼 어떻게 알고 전화한 거야?

"납치범이 제게 문자를 보냈습니다."

─뭐! 너에게? 무슨 내용이야? 범인의 요구는?

한꺼번에 쏟아진 인경의 질문에 현성은 대답하지 않았다.

스킬러 나이트 훈련소를 침입하여 사람을 납치할 정도면 만만히 볼 수 없는 자들이다.

혹시라도 훈련소 내부에 공모자가 존재한다면? 여기까지 생각이 미친 현성은 문자의 경고를 무시할 수 없었다.

"옆에 누구 있습니까?"

─상철이 오빠랑 교관 몇 명, 경비대 간부 직원이 있어. 왜? 대체 무슨 내용이야? 왜 너에게 연락한 거야? 답답하니까 빨리 말해. 아니다, 내가 영상 전송할 테니까 이리 와.

"차 국장님 도착하시면 말 전해주십시오. 제가 그널 데려오겠다고. 그럼."

뚜우우우.

현성은 아래층으로 내려갔다.

주방에는 아연이 있고 화장실에서는 희연이 문을 열어놓고 세수를 하고 있었다. 상도는 이른 아침부터 어딜 갔다 왔는지 현관문을 열고 막 들어서는 참이었다.

"캡틴, 좋은 아침입니다."

평소와 달리 상도의 표정과 목소리에선 활기가 넘친다.

뭔가 좋은 일이라도 생긴 걸까? 앞치마를 두른 아연이 국자를 든 채 주방에서 고개를 내밀었다.

희연은 얼굴의 물기를 닦으며 화장실 문턱을 넘었다.

현성은 자신이 자릴 비운 사이에 어제의 그 일본인들이 다시 들이닥치지 않을까 염려스러웠다.

저들을 소백산 은신처로 이동시킨 뒤 영상 속 장소로 가야지만 마음을 놓을 수 있을 것 같았다.

"오빠, 무슨 일이에요?"

상냥한 아연.

"밤새 장승 삶아 먹었어?"

농담부터 던지는 희연.

어제의 사건을 모두 잊었는지, 아니면 의연한 척하는 것인지 자매의 태도는 평소와 조금도 다르지 않았다.

"모두 모여봐."

"무슨 일이에요? 조금 있으면 국 끓을 건데."

"가스 불 끄고 와."

여자 친구가 납치된 다급한 상황임에도 불구하고 현성의 무표정은 두꺼운 장막 같아 그 속내를 들여다볼 수 없게 했다.

다들 의아한 표정으로 현성 앞에 모였다.

"어딜 좀 갔다 와야겠다. 그 전에 너희를 은신처로 옮겨줄 것이다."

"캡틴, 그게 무슨 소립니까? 지금 당장 간다뇨?"

"오빠, 무슨 일 생겼어요?"

"무슨 일인데?"

예정을 앞당긴 현성의 결정은 모두를 당혹스럽게 했다.

평소의 일상 속에 있던 세 사람의 표정이 순식간에 변한다.

그제야 이들은 현성의 복장과 그 복장 사이로 언뜻 드러난 무장 상태를 볼 수 있었다.

"일단 가 있어."

의문의 눈길로 현성을 쳐다보던 아연과 희연은 영문이 궁금했지만 그의 뜻에 순종했다.

그의 행동엔 반드시 그리해야 할 만한 이유가 있을 것이라 믿었기 때문이다.

반면, 상도는…

"꼭 지금 가야 합니까?"

이 시간에 일어나는 법이 없던 경상도다.

더욱이 조금 전의 환한 표정은 그의 평소 생활 습관을 고려했을 때 이래저래 이례적이었다.

"강요할 생각은 없다. 선택은 네가 하는 것이다."

"선화 씨와 지하를 데려갈 수 있겠습니까?"

"10분 주지."

상도는 부리나케 선화의 집으로 내달렸다.

10분. 과연 상도는 선화의 마음을 움직일 수 있을까? 아연과 희연은 불가능에 손을 들었다.

하지만 결과는?

9분 35초 만에 돌아온 상도는 혼자가 아니었다.

그의 뒤에는 지하를 안은 선화가 서 있었다.

덤으로 준희와 승희네 가족도.

"우리 식구도 좋아요, 캡틴."

경상도가 강제한 것일까? 그렇게 보기에 사람들의 표정에는… 그러한 기색이 하나도 없다.

스팟!

순식간에 모두는 자취를 감추었다.

*　　　*　　　*

차가운 공기 속에 녹슨 쇠와 오래된 곰팡내가 섞여 후각을 불쾌하게 하고 있었다.

주변을 밝히는 빛이라곤 띄엄띄엄 설치된 철망 안쪽의 전등이 전부다.

그나마도 그중 일부는 생명이 다한 듯 꺼져 있다.

스팟!

미미한 대기의 파동과 함께 현성이 이곳에 등장했다.

사방이 콘크리트로 된 음침한 복도.

현성의 정면에는 설치된 지 얼마 안 된 강철 문이 떡하니 버티고 있었다.

철문엔 손잡이가 없었다.

이는 안에서 열 수 없는 구조임을 의미한다.

현성은 몸을 돌려세웠다.

그때 기계음으로 변조된 사람의 목소리가 복도 전체에 울려 퍼졌다.

너의 여자는 구조물 지하에 있다.

현성은 이 소리의 진원지를 찾기 위한 조금의 움직임도 보이지 않았다.
불필요한 행동임을 알기 때문이었다.

힌트 하나 주지. 네가 거쳐 가야 할 곳은 상상할 수도 없는 괴물들로 득실할 거야. 단단히 각오해 두라고.

저벅저벅.
현성은 전방을 향해 걷기 시작했다.

*　　　*　　　*

R구역 전체 통제실.
에리카와 순죠, 그리고 표정이 없는 세 명의 남자가 자리하고 있었다.
"몇 층까지 갈 수 있을까? 에리카."
"1층도 버티기 힘들걸."
에리카의 단정 짓는 말투에 순죠의 내기 심리는 힘없이 꺾이고 말았다.
이들의 뒤쪽엔 두 사람의 대화에 아무런 흥미도 보이지 않는 세 남자가 서 있었다.

그들은 마치 차가운 인형 같은 느낌을 풍겼다.

남녀는 이들에게 관심조차 두지 않았다. 아니, 둘 필요가 없었다.

인형 같은 분위기의 그들은 인간으로 태어났으나 지금은 인간이 아닌 존재가 되어버린 서글픈 생명체로, 이들을 아는 자들은 그들을 바이오라 불렀다.

"하아, 나도 그쯤은 예상했는데. 이러면 내기 성립이 안 되잖아."

"순죠가 더 쓰면 되지."

"확률이 제로잖아. 지는 게임은 하고 싶지 않거든. 그게 에리카, 너라도 말이야."

"쪼잔한 남자."

"하하. 자, 이제 느긋하게 감상이나 해볼까. 녀석이 과연 몇 층에서 포기할지를 말이야. 오, 이제 시작이군. 폐쇄 장치 오픈!"

탁!

철컹, 기이이이잉.

두꺼운 강철의 마찰음과 함께 하나의 철문이 위로 올라간다.

강철 문 안쪽에서 심한 악취와 함께 상처받은 짐승의 나직한 그르렁거림이 밀려온다.

현성이 눈대중으로 확인한 강화 철문의 두께는 자그마치 삼십 센티미터 정도였다.

일반적인 성인 남성이 허리를 숙여야만 들어갈 수 있는 높이까지 올라간 강철 문은 그곳에서 멈춰 더 이상 작동하지 않았다.

아래에서 문을 살피던 현성이 시선을 거두고 내부로 걸어들어간다.

그가 완전히 지나가자 단두대의 작두처럼 강철 문이 떨어져 내렸다.

'퇴로가 막힌 건가?'

코트 속으로 현성의 양손이 천천히 들어갔다 나왔다.

검은색 M9 베레타 권총이 그의 양손에 쥐여져 있다.

짧은 복도를 지나자 어두침침한 광장이 그의 눈앞에 펼쳐졌다.

이곳의 면적은 어림잡아 축구장의 2.5배쯤 되어 보였고, 광장 곳곳엔 굵직한 쇠창살로 만들어진 우리가 놓여 있었다.

우리의 숫자는 백여 개 남짓으로, 그 안엔 짙은 파란 색깔의 피부를 가진 놈들이 들어 있었다.

놈들의 피부조직은 뱀의 비늘과 흡사했다.

비늘 조각 같은 그들의 피부는 맞물린 퍼즐처럼 전신을 빽빽하게 뒤덮고 있었으며 그 틈새마다 악취를 동반한 점액성 물질이 분비되고 있었다.

현성이 맡았던 악취의 원인은 바로 그 분비물이었다.

그리고 괴물의 두 눈. 그것은 하얀 사기로 만든 구슬을 닮아 있었다.

자신과 다른 존재의 등장을 감지한 놈들은 언제 그랬냐는 듯 무기력하던 모습에서 벗어나 발광했다.

크아아아아악!

크아아앙!

쇠창살을 쥐고 흔드는 괴물이 있는가 하면, 머리로 쇠창살을 연방 박아대는 괴물도 보였고, 아예 몸으로 들이박는 놈들까지 있었다.

단단한 우리는 놈들의 발작에도 다행히 부서지지 않았다.

위태위태해 보이긴 했지만.

그래도 지금 같은 상황이 최하층까지 펼쳐진다면 민연을 구하는 데 별문제는 없을 듯하다.

하지만 이곳은 고객의 안전을 고려한 놀이동산의 유령의 집이 아니었다.

철컹철컹. 텅텅텅.

괴물들을 감금했던 우리의 네 면이 약속이라도 한 듯 일제히 쓰러졌다.

갑작스럽게 우리가 분해됐지만 괴물들은 일말의 망설임도, 의문도 가지지 않았다.

끄아아아아아아악!

쿠아아앙!

크르르르르.

괴물들의 번들거리는 백색의 두 눈은 자신과 다른 존재를 향해 무한에 가까운 증오심을 담고 있었다.

탕탕탕탕—!

현성의 권총이 연방 불을 뿜는다.

'무용지물인가?'

괴물의 피부조직 앞에서 총알은 무기력했다.

오히려 총격을 받은 놈들은 더욱 흥분하여 날뛰었다.

괴물들이 쏟아내고 있는 압박감은 오금이 저리다 못해 제자리에 서 있기조차 힘들 만큼 위력적이었다.

하지만 현성의 표정에선 일말의 두려움도, 주저함도 보이지 않았다.

권총을 회수한 현성은 후방 복도를 향해 내달렸다.

복도는 넓이가 3미터에 높이가 5미터 정도로, 사방이 탁 트인 광장보단 지형적으로 그나마 나은 편이다.

ㅊㅊㅊㅊㅊ.

분노한 쓰나미처럼 몰려오는 괴물들을 향해 현성은 자신의 광검을 발현시켰다.

광검 외엔 놈들을 상대할 뾰족한 대안이 없었다.

자색의 짧은 광검!

*　　　*　　　*

"에리카, 저 녀석… 광검이 자색이야!"

순죠의 음성엔 의구심과 놀라움이 담겨 있었다.

현성의 광검의 크기나 형태는 일반적인 광검보다 모든 면에서 부족했다.

그의 광검이 자색이 아니었다면 순죠는 실망감에 비웃음을 터뜨렸을 것이다.

청광, 백광, 은광, 금광, 적광. 광검은 이상 5단계로 나뉜다.

알려진 바로는 적광검이 바로 최상위 광검!

그런데 이 중 그 어디에도 속하지 않은 자광검.

과연 저 광검은 청광의 아래 단계일까? 아니면 적광의 상위 단계일까? 순죠의 머릿속은 실타래처럼 엉킨다.

놀라는 것은 에리카 역시 다르지 않았다.

"저 광검은… 대체!"

*   *   *

괴물의 움직임은 빨랐고 그 힘은 강력했다.

단단한 콘크리트 벽면이 그들의 주먹질과 발길질에 깨지고 흩어졌다.

공격의 파괴력만 대단한 것이 아니었다.

그 외 속도와 민첩성 역시 평범한 인간이라면 감당할 수 없는 수준이었다.

그러한 괴물 백여 개체가 단 한 사람을 향해 밀물처럼 밀려들었다.

츠팟!

끄아아아악!

총알조차 파고들지 못했던 괴물의 피부는 현성의 광검에 의해 쫙쫙 갈라졌다.

팔이 잘려 나가고, 다리가 떨어져 나간다.

수족이 절단 났는데도 놈들의 흉성과 기질엔 전혀 변화가 없었다.

복도 벽면과 천장도 놈들에겐 평지였다.

유리한 지형을 확보하려던 시도가 옹색해진다.

놈들에겐 광검을 제외한 공격은 무용지물이었다.

현성의 발차기는 성인 허리둘레의 나무도 두 동강을 낼 만큼 위력적이다.

주먹의 위력도 발차기 못지않다.

그러함에도 놈들에게 그의 공격은 전혀 먹혀들지 않았다.

초반 이를 몰랐을 때 현성은 고비에 직면했었다.

이후로는 두 번 다시 이와 같은 공격은 감행하지 않았다.

휙.

현성은 그나마 안전했던 후방을 놈들에게 빼앗겼다.

이래선 복도로 뛰어든 이점을 제대로 살릴 수 없었다.

놈들의 공격은 단순했다.

사지를 이용한 물리적 공격이 놈들이 퍼붓는 공격 방식의 전부였다.

현성에게 광검이 없었다면 모르긴 몰라도 금세 놈들의 손아귀에 붙잡혀서 으깨지고 찢기는 처참한 신세를 면치 못했을 것이다.

케라라라라!

괴물의 주먹이 창처럼 현성의 옆구리로 파고들었다.

천장에 있던 놈들이 그를 향해 몸을 날렸고 그의 후방을 점거하여 차지한 놈들이 성난 황소처럼 달려들었다.

놈들의 공격엔 시간 차가 존재했다.

잠시 잠깐이라도 머뭇거리면 패배다. 패배는 곧 죽음이다.

정신없는 상황이었지만 현성은 여기에 휘말리지 않고 냉정을 유지했다.

물처럼 고요하며 얼음처럼 차갑고 단단하게 현성은 매 순간을 대처했다.

상체에 시간 차를 두어 전후좌우로 움직여 주는 것과 동시에 양다리를 틀거나 내리는 것으로 놈들의 공격을 피해냈다.

회피가 불가능한 놈은 일찌감치 파악하여 광검으로 대응했다.

슈격!

현성의 광검이 사각지대로 파고든 괴물의 흉부를 찌른 뒤 사선으로 쭉 올라간다.

꾸아아아앙!

광검 앞에서 놈들의 육체는 물렁한 순두부에 지나지 않았다.

단 한 번이라도 그의 광검이 놈들의 뼈나 근육조직에 걸려서 시간을 지체했다면 지금의 싸움은 진작 그의 패배로 끝났을 것이다.

흉부 일부가 갈라진 괴물이 발광한다.

놈으로 인해 현성은 잠깐이지만 시간을 벌었다.

이 황금 같은 기회를 그는 놓치지 않았다.

서걱.

우측에 있던 괴물의 목이 절반쯤 잘려 나갔다.

저쯤 목이 잘리면 움직이기는커녕 출혈과 충격에 실신하거나 죽는 게 정상이다.

그런데 이 질긴 생명력의 괴물은 그 상황에서도 움직였다.

다행인 것은 괴물의 움직임이 공격이 아닌 단순한 고통의 몸부림이란 점이다.

괴물의 외피를 덮고 있는 점액성 물질과 내부의 체액이 현성의 몸을 흠뻑 적셔놓았다.

'독은 없어 다행이야.'

이를 위안으로 삼는 현성이다.

현성의 등짝을 노린 괴물이 그를 향해 뛰어들며 주먹을 내질렀다.

여기에 한 대 맞았다간 커다란 바람구멍이 나고 말 것이다.

재빨리 상체를 옆으로 틀어 공격을 무산시킨 현성은 관성의 법칙을 벗어나지 못한 놈의 다리를 위로 걸어차 올렸다.

전방으로 날아간 이 괴물과 다른 괴물이 충돌하면서 그는 잠시의 시간을 벌 수 있었다.

하지만 그것도 전방에 국한된 상황이다.

천장에서 몸을 날린 괴물의 공격에 뒤로 몸을 빼내 피한 현성은 주저 없이 놈의 얼굴에 광검을 틀어박았다.

광검은 소리 없는 학살자처럼 놈들의 몸을 빠르고 자유롭게 유영했다.

이러한 광검의 놀라운 절삭력은 현성에게 필요한 시간을 선물하고 있었다.

체구가 작은 괴물이 뒤에서 현성을 끌어안았다.

괴물의 팔은 강화된 스킬러 나이트의 힘으로도 풀어낼 수 없다.

강력한 압력에 팔뼈와 갈비뼈가 으스러지지 않도록 버텨주는 게 고작이다.

작은 괴물이 현성의 움직임을 봉쇄하자 괴물 둘이 그를 향해 득달같이 달려들었다.

현성에게 허락된 시간은 최대 0.5초에서 최소 0.3초 정도가 전부였다.

앞으로 가야 할 길은 멀고도 먼데 고작 초입에서 악전고투라니. 앞길이 실로 깜깜하다.

'셋, 둘! 지금이다!'

현성은 몸을 빙글 돌려세웠다.

체구가 작은 괴물의 등짝을 두 괴물이 때렸다.

충격은 그를 옭아매고 있던 괴물의 몸을 통해 현성의 몸을 묵직하게 울린다.

끄아아아아아악!

작은 괴물이 비명을 내지른다.

현성을 옭아맨 괴물의 양팔에 순간 힘이 쫙 풀렸다.

이 틈을 놓치지 않고 빠져나온 현성은 다시 몸을 빙글 돌려서 광검을 수평으로 그었다.

작은 괴물을 때렸던 두 덩치의 괴물이 각자 제 목을 움켜잡고 켁켁거렸다.

조금만 더 깊이 뺐다면 두 괴물의 머리통은 지금쯤 지면을 찧고 있었을 것이다.

'⋯짧군.'

광검의 길이가 참으로 아쉬운 현성이다.

엎드려 있던 작은 괴물이 고개를 번쩍 치켜들더니 현성을 향해 이를 드러냈다.

놈을 내려다보는 현성의 눈빛은 무심하기만 하다.

퍼억.

크아아악!

현성의 발끝이 놈의 가슴을 차올렸다.

둥실 떠오른 놈의 몸을 광검이 가르고 지나간다.

양단된 괴물의 몸뚱이가 지면에 닿기도 전에 현성은 뒤로 크게 한 발짝 물러섰다.

그의 전면에서 흉측한 다리 하나와 팔 하나가 시야에 들어온다.

현성은 주저 없이 광검을 휘둘렀다.

팔과 다리를 잃은 괴물들이 저희끼리 충돌했다.

그 위치는…

서걱.

목을 베어내기에 최적의 위치였다.

턱.

현성은 어느새 자신이 지나온 철문까지 다다랐다.

등짝에 느껴지는 단단하고 차가운 금속. 이 이상 물러설 공간은 그에게 허락되지 않았다.

'정면 돌파뿐이군.'

차갑게 가라앉은 현성의 시야가 전방을 향한다.

20여 구의 시체가 그가 눈앞에 펼쳐져 있다.

하지만 더 많은 숫자의 괴물들이 여전히 그곳에 있었다.

크아아아아앙!

그의 전투는 아직 끝나지 않았다.

"으야야야야얍!"

*   *   *

"어서 오세요, 차 국장님."

인경과 상철이 황급히 차를 몰고 온 차기수를 맞이했다.

민연의 납치 소식을 접한 차기수는 정신이 없었다.

이곳까지 어떻게 왔는지 기억조차 나지 않을 정도였다.

그럼에도 불구하고 차기수는 이를 표정에서 내색하지 않고 있었다.

대단한 심력의 소유자였다.

"민연이는?"

인경과 상철은 한얼이란 비밀 조직의 회원이다.

이들 외에도 화랑단에는 한얼에 가입한 인물이 더 있었다.

차기수는 이들의 수장인 대주직을 맡고 있었다.

"수사관들이 현장을 조사 중에 있어요. 저⋯⋯."

"무슨 일인가?"

"민연이를 납치한 범인이 현성에게 연락했나 봐요."

"현성 군에게?"

인경은 현성과의 통화 내용을 재빨리 설명했다.

"⋯그가 민연이를 데려오겠다고 했어요. 목소리는 나직했지만 군은 결의를 느낄 수 있었어요, 국장님."

차기수의 표정이 점점 굳어진다.

범인의 진짜 목적은 민연이 아니라 현성일지도 모른다.

차기수는 딸이 현성을 끌어내기 위한 미끼라는 생각이 들었다.

대체, 대체 누가 그런 짓을⋯

*　　　*　　　*

"저 자식은 대체⋯ 대체 뭐지? 인간이 맞기는 한 건가?"

하세가와 순쥬의 얼굴은 상기되어 붉게 물들어 있었다.

현성의 전투력은 순죠에게 깊은 감동과 충격을 안겨주었다.

순죠는 인간의 한계에 대해서 다시금 생각하게 됐다.

절대적으로 불리한 상황에서도 현성이란 남자는 놀랍도록 냉정했다.

그의 전투 방식은 불필요한 요소를 완벽하게 제거하고, 효율성의 극치를 보여주는 찬란한 예술 작품이었다.

쿵쿵쿵쿵.

과연 자신이라면 저곳에서 얼마나 버틸 수 있을까? 순죠는 현성을 적극적으로 감싸려던 유오찬의 태도를 지금에서야 비로소 이해할 수 있었다.

저 남자는… 전설을 만들어가는 자다!

순죠가 넋을 놓고 바라보는 모니터 속, 시산혈해 위에 현성이 우뚝 서 있었다.

역경을 이겨낸 승리자는 아름답다.

난생처음 순죠는 동성에게 깊이 매료되고 있었다.

거짓 선한 웃음을 잃지 않았던 나나세 에리카 역시 큰 충격에 빠져 있었다.

'아, 아름다워!'

두근두근.

에리카는 심장이 머릿속으로 들어온 듯했다.

아니, 심신이 거대한 심장이 되어버린 것 같았다.

그녀는 걷잡을 수 없는 흥분감에 온몸을 떨었다.

피와 죽음, 그리고 승리라는 한편의 장엄한 서사시에 그녀 역시 순죠처럼 매료되고 말았다.

갖고 싶었다. 미치도록 현성이 갖고 싶어졌다.

"에리카… 에리카!"

"어, 응, 왜?"

"왜 그래?"

"아, 아니야. 그런데 왜?"

"첫 관문을 통과했잖아. 어떻게 할까? 2층 문 열어줘?"

에리카는 대답할 수 없었다.

방금 전의 전투에서 현성은 엄청난 에너지를 소비했다.

그 에너지를 보충할 틈도 없이 2층으로 보냈다간 죽을지도 모른다.

'싫다. 그를 살려서 곁에 두고 싶어!'

에리카의 태도를 본 순죠는 현성에게 가졌던 경외감이 한순간에 질투로 바뀌는 것을 느꼈다.

순죠는 에리카의 대답을 듣지 않고 문을 개방했다.

치졸한 질투심만큼이나 현성이란 남자가 가진 진가의 끝을 보고 싶기도 했다.

"무슨 짓이야? 순죠! 그에겐 휴식이 필요해!"

"이건 네가 원했던 게임이었어. 이미 시위를 떠난 화살이다."

무게감이 느껴지는 순죠의 진지한 태도에 에리카는 흠칫했다.

그녀는 단 한 번도 그의 이토록 진중한 모습을 보질 못했다.

현성이란 남자는 자신뿐만 아니라…

'순죠, 그가 너마저 혼든 거야?

*　　　*　　　*

두꺼운 철문이 열린다.

광장을 가득 채운 악취에 마비된 현성의 후각이 조금씩 되살아난다.

한 발짝, 한 발짝 앞으로 걸었다.

활짝 열린 저 미지의 공간에서 밀려오는 정적의 품속으로.

저벅저벅.

지하 구조물을 관통한 엘리베이터는 콘크리트로 막혀 있었다.

물씬 피어오르는 피로감, 몸에 달라붙은 괴물의 진득진득한 체액이 현성의 몸을 무겁게 만들었다.

현성은 비상계단으로 한 걸음을 옮겼다.

이곳엔 불빛 하나 없었다.

칠흑 같은 어둠은 한 치 앞도 허용하지 않았다.

잠시 멈춰선 현성은 어둠과 친숙해지기 위해 두 눈을 질끈 감았다.

그러고는 속으로 숫자를 천천히 세기 시작했다.

다시 눈을 떴을 때 어둠과 그는 친숙해져 있었다.

계단의 윤곽이 흐릿하게 눈에 들어왔다.

세 개의 층계참에서 잠시의 휴식을 취한 현성은 단단한 벽과 마주했다.

계단은 층과 층 사이만 연결하고 있었다.

각 층에서는 광장을 지나고 다시 철문을 지나야만 비로소 아래층으로 내려갈 수 있는 계단을 이용할 수 있었다.

'독특한 건축물이군.'

익숙한 사각형 복도를 현성은 다시 걸었다.

복도가 끝나자 앞서 보았던 광장과 비슷한 면적의 광장이 펼쳐져 있었다.

그리고 어김없이 쇠창살 우리가 드문드문 심어져 있었다.

크아아아악!

우카카카카카!

지겹도록 보아온 괴물을 현성은 또다시 볼 수 있었다.

사양하고 싶은 만남이었지만 그에겐 선택의 여지가 없었다.

철컹, 텅!

철창이 분해되자 또다시 괴물들이 흉성을 터뜨리며 현성을 향해 달려들었다.

꼭꼭 숨어서 자신을 주시 중인 문지기는 광장의 괴물을 모조리 쓸어버려야만 다음 장소로 갈 수 있는 두꺼운 강철 문을 열어준다.

선두의 괴물이 복도 끝에 도달하는 시점에 맞추어 현성은 걸음을 옮겼다.

그리고 그 끝에서 현성과 괴물 두 마리가 맞붙었다.

서걱.

자광검이 사선으로 신속하게 움직였다.

그아아아아악!

와아아악!

몸뚱이가 비스듬히 잘린 괴물은 네 개의 고깃덩어리가 되어 현성의 발밑에 떨어졌다.

퍽퍽퍽퍽.

현성은 파편을 차서 날렸다.

괴물의 숫자는 앞서 현성이 평정한 1층 광장과 비슷했다.

아니, 더 많아 보인다.

하지만 현성은 놈들의 숫자에 신경 쓰지 않았다.

그것이 심력의 낭비란 걸 앞의 경험을 통해 배웠기 때문이다.

'끝을… 끝을 보자!'

츠츠츠츠츠.

그의 전신에서 전의가 회오리친다.

물러설 수 없는 자의 마음이, 그 의지가 보다 더 단단해진다.

서걱.

끄아아아아아아아—!

제35장

완성된 광검

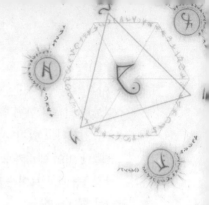

　제2 광장 전멸.

　제3 광장 진입… 3 광장 전멸.

　제4 광장 진입… 전멸.

　제5 광장 진입 중.

　나나세 에리카, 하세가와 순죠.

　통제실 모니터를 통해 현성을 지켜보고 있던 그들의 표정에
는 이제 그 어떤 감정도 드러나지 않고 있었다.

　생명이 없는 인형처럼 그들은 모니터만 뚫어지게 바라볼 뿐
이었다.

"이건… 불가능해!"

억눌린 신음과 함께 막힌 숨을 토해내듯 순죠가 말했다.

"지, 진화하고 있어! 이곳이 그를 진화… 시켰어."

순죠에 이어 에리카도 자신의 감상을 독백처럼 중얼거렸다.

광장 1층에서 보여준 현성의 자광검은 짧은 단검 크기의 불완전한 형태였다.

그런데 그 광검이 점차 성장하여 뚜렷한 형태로 쑥쑥 자라고 있었다.

모니터를 통해 현성의 동태를 내내 지켜보고 있던 이들도 처음에는 그것을 자각하지 못했다.

그러다 4층 광장을 힘겹게 통과하고, 이젠 끝이겠거니 생각했던 5층 광장에 입성하자마자 생성한 그의 광검은… 이것이 그의 끝이 아니라 새로운 시작점이라는 것을 남녀에게 깨닫게 했다.

이 게임의 승자가 자신들이 될 수 없음을 알게 된 것이다.

"순죠, 그녀를 방면해."

"에리카?"

"아무래도 난 이번 임무에서 손을 떼야 할 것 같아. 아니, 우리 손으로 백지화시켜야 해. 그를 적으로 돌리는 짓… 너무 위험해."

순죠는 좌절한 에리카를 격려할 수 없었다.

그 역시 헤어날 수 없는 좌절과 두려움의 늪에 푹 빠져 버렸다.

처음 현성을 깔보았던 마음이 지금처럼 변한 것이다.

이들은 패배를 자인한다.

"우리가 꺾이고 말았군."

"그래, 완벽하게."

*   *   *

1월 24일 금요일, 오후 2시 15분.

차기수는 한 통의 전화를 받았다.

핸드폰에 찍힌 숫자는 낯익은 번호였다.

—아빠.

전화번호는 차기수의 집 전화였다.

그리고 전화를 건 사람은 납치된 차기수의 딸, 차민연이었다.

대체 이게 어찌 된 일이란 말인가.

차기수는 자신이 꿈을 꾸는 게 아닐까 하는 생각마저 했다.

그는 옆에서 인경과 상철의 다급한 목소리가 들리자 겨우 정신을 차렸다.

"미, 민연이니? 민연아! 어떻게 된 일이야. 네가 왜 그곳에?"

—모르겠어요. 깨어나 보니 내 방이었어요.

"현성 군과 함께 있니?"

차기수는 현성이 민연을 구하기 위해 납치범들을 찾아갔다는 이야기를 인경으로부터 전해 들었다.

그렇다 보니 딸애의 옆에 현성이 있을 것이라 여긴 것이다.

하지만 민연에게서 돌아온 대답은 의외였다.

―현성 씨요? 옆에 없어요. 대체 제가 무슨 일을 당한 거죠? 아니, 갑자기 현성 씨는 왜? 그에게 무슨 일이 생긴 건가요? 아버지.

민연은 이해할 수 없는 자신의 현재 상황보다 현성의 일을 더 걱정하고 있었다.

의문과 안도가 차기수의 마음에서 교차했다.

교차된 그 마음이 가라앉자 왠지 모를 서글픔이 그 자리를 차지하는 것을 느낄 수 있었다.

"곧 가마. 집에 있어라."

전화를 끊은 차기수는 인경이 급히 수배한 공간 이동 스킬러의 도움을 받아 집으로 돌아왔다.

무사한 딸애의 모습을 확인한 차기수의 표정은 그제야 완전한 안도감으로 물들 수 있었다.

"무사해서… 다행이다, 내 딸."

* * *

현성은 휘황찬란하게 빛나는 자신의 광검을 바라보고 있었다.

이는 지난 시간에 대한 훌륭한 보상이 아닐 수 없다.

하지만 그에게선 무언가 성취한 자에게서 엿볼 수 있는 환희나 격동의 감정 같은 표현이 전혀 나오지 않았다.

일반적이고 평범한 과정으로 도출해 낸 결과물로만 바라보는 것 같았다.

그 단단한 포커페이스와 눈빛이 타인으로 하여금 이러한 생각을 하게 만든다.

'그 때문인가?'

그는 4층 광장에 들어섰을 때만 해도 그곳이 자신의 무덤이라는 생각을 했다.

더 이상 싸워 나갈 여력이 없었기 때문이다.

이성적으로 생각할 때 그 상황에선 후퇴가 옳은 행동이었다.

그리고 그는 안전하게 후퇴할 수 있는 마지막 카드도 쥐고 있었다.

그런데 현성은 그 카드를 쓰지 않았다.

마치 불을 향해 달려드는 나방처럼 그는 무모하게 싸움에 나섰다.

끝장을… 아니, 자신의 끝을 보려고 안달이라도 난 사람처럼.

괴물과 그의 전투는 치열했다.

수 톤의 위력을 지닌 괴물의 주먹과 발길질은 견딜 수 있는 수준의 충격이 아니었다.

만약 일반인이었다면 놈들의 공격을 스쳐 맞기만 해도 그 부위가 바스라지고 찢겨 나갔을 것이다.

아마도 철저하게 망가진 채 무력하게 죽음만 기다렸을 터였다.

'세 번째인가?'

남들은 한 번도 겪기 힘든 죽음의 경험.

현성은 자신이 불사신이 아닐까? 하는 진지한 생각마저 했다.

그렇지 않고서야 죽음에 두 발을 디딘 순간, 그 어두침침한 세계로 끌려가지 않은 이유를 설명할 수 없었기 때문이다.

나름 현성은 논리적이고 이성적인 인간이다.

그런데 자꾸 논리와 이성에서 벗어난 상황으로 향하고 있다.

나는 특별하다! 나는 특별한 것인가? 그 문제에서 현성은 심각하게 고민하고 있었다.

진지하고 무거운 그 고민이 휘황찬란하게 빛나는 광검조차 당연하고 무미건조한 결과로 보이게 하는 것은 아닐까.

"내가 먼저 답을 찾을지, 답이 먼저 나를 찾아올지. 일단은 현실부터 직시해야겠군."

저벅저벅.

현성은 6층을 향해 움직였다.

적응이 필요했던 계단의 그 지독한 어둠조차 이젠 발목을 붙잡지 못했다.

저벅저벅.

그의 완성된 광검은 강력했다.

광검의 강력함이 그의 육체에도 영향을 끼쳤다.

이젠 그도 스킬러 나이트라는 온전한 이름으로 불릴 수 있게 된 것이다.

크아아아아아!

우와아아아아아!

괴물들이 현성을 향해 굶주린 악귀처럼 짓쳐 들었다.

똑같은 패턴, 똑같은 상황이다.

그러나 그 상황을 향해 똑바로 걸어가는 현성은 확연히 달라져 있었다.

츄아아아아앙!

자색의 광검이 눈부신 춤을 춘다.

검무가 훑고 지나간 자리마다 생명을 상실한 이형의 존재들이 발자국처럼 버려진다.

"덤벼라!"

쾅쾅한 현성의 목소리는 커다란 광장을 단숨에 꿰뚫었다.

*   *   *

소백산 은신처.

그곳에서 웅크리고 있는 사람들의 시간은 무겁고 더디게 흐르고 있었다.

그들의 얼굴마다 올라앉아 있는 것은 근심 덩어리였다.

그 무거운 덩어리에 짓눌린 사람들은 다들 쉬쉬하며 나지막이 한숨만 내쉬곤 했다.

끼이이익.

집 안에 가득한 묵직한 공기를 피해 두 사람이 마당으로 나왔다.

"언니, 캡틴 괜찮겠지? 그는 강하고 튼튼하니까 우릴 실망시키지 않겠지?"

마당에 나란히 선 두 사람은 아연과 희연이었다.

이들의 몸에 있던 온기는 소백산 겨울바람에 금세 날아갔다.

아연이 희연을 향해 살짝 몸을 돌려세웠다.

불안해하는 여동생의 어깨를 아연이 쓰다듬어 주었다.

어리고 연약했던 그때처럼, 지금도 희연에게 있어 아연은 믿고 의지할 수 있는 듬직한 언니였다.

"현성 오빠가 우릴 실망시킨 적 있니?"

"음… 없는 것 같아."

"분명 앞으로도 없을 거야, 희연아."

희연은 돌아서서 먼 산등성이만 하염없이 바라보는 아연의 옆모습이 무척이나 쓸쓸하고 외롭다는 생각을 했다.

희연은 그녀를 와락 안아주고 싶었다.

그녀는 그 누구보다 위로가 필요한 사람이었다.

그걸 알면서도 그녀 앞에서 나약한 소리나 해대는 자신이 한심하고 얄미웠다.

큰소리만 칠 줄 알지 일이 막상 닥치면 제일 먼저 언니만 찾는 언니바보.

안아주는 대신 희연은 언니의 팔짱을 꼈다.

"언니야."

"웅?"

"난 언니야가 참 좋아."

"나도 우리 희연이가 참 좋아."

"칫, 따라 하지 마. 그건 내 거거든."

자매는 이제 한곳을 바라보았다.

그녀들의 마음속에는 한 사람의 얼굴이 천천히 그려지고 있었다.

무표정한 얼굴에 잘 어울리는 무심한 눈빛을 가진 되게 무뚝뚝한 남자였다.

하지만 그 남자의 실제 마음은 누구보다도 따뜻하고 상냥했다.

멋지고 근사한 마음을 가진 남자, 자매가 마음속에 정성 들여 그리고 있는 남자, 그는 선우현성이었다.

먼 산을 바라보는 자매에게 상도가 다가왔다.

그의 기척을 느낀 자매가 뒤돌아선다.

집 안에 있을 때와 달리 자매의 표정은 한결 풀려 있었다.

이를 눈치챈 상도는 마음이 놓였다.

"왜 그렇게 봐?"

뚱한 표정을 지은 희연이 상도에게 시비다, 늘 그랬듯.

"내 눈깔 갖고도 내 맘대로 못 보냐?"

"이건 내 얼굴이거든. 들어가서 선화 언니 얼굴이나 뜯어먹으세요, 난쟁이 아저씨."

"뭣이라! 나, 난쟁이!"

상도는 보통의 남자치고 확실히 키가 작았다.

이것은 그의 오랜 열등감이자 깊은 상처이기도 했다.

하지만 그는 이를 극복해 내고 있었다.

여기에 힘을 보태준 이가 바로 눈앞의 희연이었다.

지금은 누가 찔러도…

'사지를 찢고 대가리를 부숴 버릴 거야.'

…아직은 품이 넉넉하지 않은 경상도다.

"그리 보면 어쩔 건데?"

"희연아, 상도 아저씨한테 왜 그래? 그만해."

아연은 알까? 희연이보다 그녀가 상도에게 더 상처가 되는 말을 하고 있음을.

아저씨!

이십 대 중반의 총각이 감당하기에 참 쓰라린 호칭이다.

'아연이, 저것이 더 얄밉다니까.'

"언닌 꼭 나만 갖고 그래. 알았어. 오늘은 내가 참아줄게, 난쟁이 아저씨."

마지막에 항상 강타를 날리는 희연이다.

저 못된 버릇을 언제 한번 고쳐줘야 하는데… 벼르고 벼르지만 늘 벼르다 주저앉고 마는 상도였다.

왜냐면 희연이가 자신보다 월등히 강하기 때문이다.

굳이 여기서 그 점을 새삼 확인하는 일은 상도로서도 반갑
지 않았다.

어물쩍 넘어가는 것이 상책.

"대범한 내가 참는다. 참… 어? 캐, 캡틴!"

"장난치지… 뭐야? 그 표정, 장난 아냐?"

휙 돌아선 희연의 얼굴에 안도와 반가움이 가득 차오른다.

"오… 오빠."

아연의 기쁨이 어찌 이들 두 사람만 못하랴.

글썽글썽.

주르륵.

현성은 자신을 기쁜 얼굴로 바라보는 세 사람에게 대고 한
마디 해주었다.

예의 그 무표정과 무심한 눈빛과 무뚝뚝한 말투로.

"추운데 왜 나와 있어?"

와아아아아.

기쁨의 함성을 내지르며 자매와 상도가 현성을 향해 달려들
었다.

팔이 두 개밖에 없는 관계로 현성은 자매를 하나씩 안아주
었다.

대신 상도에겐 발끝을 선물했다.

허우적허우적.

"캡틴, 사람 차별 맙시다!"

그래도 이 순간이 무척이나 반갑고 기쁜 키 작은 남자 경상

도였다.

                    *   *   *

R구역에서 있었던 일을 현성은 함구했다.

감정을 앞세워 이 일을 공개하면 당장은 분풀이가 된다.

하지만 장기적인 관점에서 생각해 봤을 때 득보다 실이 컸다.

현성은 R구역을 상부의 허락도 없이 무단으로 이용한 에리카와 순죠의 허물을 덮어주는 대신 그들이 쥐고 있는 패—유일국—를 스스로 버리게끔 했다.

이로써 자매는 공식적으로 저들의 마수에서 벗어날 수 있게 되었다.

"현성 씨!"

창문 아래서 민연이 현성을 향해 손을 흔든다.

납치란 큰 사건에 휘말렸지만 그녀에겐 그때의 기억이 전혀 없었다.

의식을 잃은 상태에서 사건이 모두 종료되었기 때문이다.

소백산 은신처는 다시 적적한 예전 상태로 돌아갔다.

현성네를 비롯해 이웃들 역시 다시 이전의 삶을 살고 있었다.

민연이 그에게 창문을 열라는 손짓을 한다.

드르륵.

창문을 연 현성은 그녀에게서 또 한 번의 손짓을 볼 수 있었다.

'뒤로 가라고?'

설마 저곳에서 창문 안으로 뛰어들 생각인가? 고개를 갸웃하면서도 현성은 그녀의 요구대로 뒤로 물러났다.

담장을 징검다리 삼은 민연이 2층 현성의 창문 안으로 쏙 들어와 가볍게 착지했다.

몸을 편 민연의 얼굴엔 뿌듯함이 햇살처럼 앉아 있었다.

"광검을 완성했나 보네."

현성의 담담한 반응에 민연은 힘이 쭉 빠진다는 표정으로 입술을 삐죽거렸다.

"너무해. 난 잔뜩 기대하고 있었는데."

"미리 말해줬으면 연습했을 텐데."

현성의 표정과 말투 때문에 그의 표현은 진지한 학자의 고찰처럼 느껴졌다.

앙탈을 부려볼까 내심 생각하던 민연은 쿨 하게 그를 용서하기로 했다.

와락.

대신 그녀가 그의 품속으로 파고들었다.

현성은 민연의 등을 가볍게 토닥이며 쓸어주었다.

과장된 표정과 말로써 상대를 기쁘게 할 능력이 없는 그로서는 행동으로 진심을 내보이는 것이다.

"따뜻하네."

"방에 있었으니까."

"칫, 그 말이 아닌데."

현성을 살짝 밀어낸 민연이 입술을 기습적으로 덮쳤다.

가벼운 뽀뽀다.

"어라, 방금 웃었지?"

연하의 연인을 향해 민연은 애정이 듬뿍 담긴 촉촉한 시선을 보냈다.

조금씩이지만 민연도 현성의 표정이 한결같지 않음을 알아가고 있었다.

아연이 그랬던 것처럼.

*　　　*　　　*

두 사람은 침대에 나란히 걸터앉았다.

"금요일인데 어떻게 나왔어?"

민연이 납치된 사건 이후 어느덧 일주일이 흘렀다.

정부는 스킬러 나이트 훈련소에서 발생한 훈련생 납치 사건을 비밀에 부쳤다.

납치 당사자도 돌아온 마당에 사건을 확대해 봐야 불안감만 조장한다는 내부의 주장을 받아들였기 때문이다.

오늘은 1월의 마지막 날.

이계의 침공까지 앞으로 3일밖에 남지 않았다.

"특별 휴가!"

턱 끝을 높이 치켜든 민연이 으쓱거리며 뽐낸다.

현성은 다행이라 생각했다.

그날이 닥치더라도 적어도 그녀는 스스로를 보호할 수 있을 테니.

"집엔 들렀다 온 거야?"

"아니."

"차 국장님은 아직 모르시겠네."

"아마… 그럴걸."

"섭섭해하실 텐데."

"그보다 이젠 호칭 정리해야 하지 않아?"

"호칭?"

"차 국장님이 뭐야. 차 국장님이."

"그럼?"

"아버님이라고 해야지."

민연의 거침없는 당당한 요구에 현성은 속으로 식은땀을 흘렸다.

아버님이란 호칭. 그에겐 차라리 지하 100층짜리 R구역을 돌파하는 쪽을 선택하고플 정도로 난감하고 어색한 호칭이었다.

그래도 민연을 위해서라면…

"…노력해 보지."

"난 이래서 당신이 좋아. 호호. 착하거든."

민연이 현성을 제 품속으로 끌어안았다.

현성의 어깨에 걸쳐진 민연의 얼굴이 슬며시 웃음 짓는다.

그녀의 가슴에 파묻힌 현성의 얼굴도 웃었다.

서로의 감정을 새삼 확인한 남녀의 마음은 이 겨울도 무색하리만치 따뜻하다.

활짝 열린 현성의 방 창문 아래 마당 한쪽에 아연이 서 있었다.

그녀의 시선은 활짝 열린 그 창문가에서 쉬이 떠나지 않았다.

그렇게 망연자실한 표정으로 서 있는 아연을 향해 희연이 다가왔다.

"언니."

"응."

자신의 감정을 급히 추스른 아연이 애써 미소 짓는다.

언니의 마음이 향하는 곳을 알고 있기에 희연은 그 미소를 차마 볼 수 없었다.

"이 집 남자들 다 이상해."

"뭐가?"

"남자들은 어린 여자 좋아한다며. 그런데 이 집 남자들은 연상녀에 애 딸린 과부한테 빠져들어 있잖아. 내 생각인데, 이 집 터가 안 좋아."

피식.

"그렇구나. 이 집 터가 안 좋았던 거구나."

바람이 분다.

다가갈 수 없는 저 먼 곳에서.

휘류류류룽.

*   *   *

이웃들이 모두 차기수의 집에 모였다.

민호는 요람을 흔들며 수더분한 지하의 자는 얼굴을 신기한 듯 들여다봤다.

바라만 봐도 좋은지 민호의 얼굴에선 웃음이 떠나지 않았다.

주방엔 한 무리의 여자들이 모여 요리는 뒷전으로 미룬 채 수다만 한세월이다.

수다의 대부분은 준희가 주도한다.

그녀의 목소리가 제일 높고, 웃음소리도 가장 컸다.

거실에선 남자들이 모여 점당 10포인트를 걸고 화투판을 벌였다.

차기수, 김정호, 경상도, 현성까지 네 명이 둘러앉았다.

화투에 문외한인 현성은 경상도의 꾐에 넘어가 괜히 끼어들었다가 계속 털리기만 한다.

연전연패의 늪에서 허우적거리는 현성을 보다 못한 민연이 쪼르르 달려와 그 옆에 찰싹 붙어 목에 핏대를 세워가며 코치를 했다.

하지만 그녀 역시 이쪽은 문외한인지라 둘이 머리를 합쳐

봐도 한 판도 따지 못했다.

약이 오른 민연이 이 방면에 나름 고수인 준희를 불렀다.

셋이 머리를 맞대자 그제야 현성의 지갑이 입을 닫고 쉴 수 있었다.

"현성 씨, 고 해요."

다른 사람들이 날 패가 아니다.

그래서 민연은 현성을 재촉했다.

이번에 고 하면 쓰리 고!

그때 준희가 고개를 내저으며 진지하게 말한다.

"하지 마요, 현성 씨. 아버님이 쌍피 내주면 정호 아저씨가 먹고 바로 날 수 있어요."

"그래도 아깝잖아. 이번이 쓰리 곤데. 이번에 이기면 크게 만회할 수 있는데."

"그래서 초짜가 안 된다는 거야. 화투는 두뇌 게임이야."

"칫, 그런 게 어디 있어."

남자들의 친목 도모를 위한 자리는 준희와 민연이 끼어들면서 그 취지가 흐려졌다.

"현성 씨, 제 말 들을 거예요, 아님 준희 말 들을 거예요?"

"답답하네. 분명 독박 쓴다니까."

이기면 어떻고 또 지면 어떤가. 모두가 웃고 떠들면 그게 좋은 거지. 보살 같은 마음으로.

가운데 낀 현성은 준희의 말을 더 신뢰했지만 애인인 민연의 기분을 고려하여 고를 나직이, 힘주어 말했다.

"고."

현성의 말이 떨어지는 순간 슬며시 미소 짓는 차기수.

"정호 씨, 똥 피 있지?"

"옙, 있습니다."

"먹게. 똥 쌍피네."

"감사합니다, 어르신."

"크하하하하! 캡틴, 독박 썼습니다. 축하, 축하합니다. 어째 스물다섯 판 내리 다 집니까? 진짜 대단합니다요. 대단해. 크크크크."

불난 집에 유조차를 몰고 와 통째로 밀어 넣는 경상도다.

민연은 똥 쌍피를 정호에게 주어 그를 이기게 한 아버지보다, 그리고 이를 받아 현성을 독박의 늪에 빠뜨린 정호보다 어깨춤까지 덩실덩실 추고 있는 경상도가 더 얄미웠다.

울컥한 민연이 상도에게 한소리 하려 할 때였다.

'친목을 위해선 얼마든지 져 줄 수 있다!' 라는 마인드를 내내 간직했던 현성. 그가 먼저 한마디 한다.

말에 뼈를 담아서.

"상도, 나도… 가끔은 사소한 일에 화내기도 한다."

"아… 화장실 좀 가야겠네. 하하하. 선화 씨, 쉬엄쉬엄하세요. 아, 오줌 마려라."

곧장 화장실로 내빼는 경상도다.

잠시 어이없어 하던 민연이 현성의 찌푸린 미간을 보곤 이 상황이 웃긴지 키득거렸다.

"왜 웃어?"

"현성 씨가 웃겨서. 이때까지 봐온 현성 씨의 모습 중 오늘이 제일… 재미있어. 호호호."

수다의 주동자인 준희가 빠지자 일의 진척이 있었는지 부엌 쪽에서 상을 차려도 된다는 허락의 말이 떨어졌다.

다들 주방과 거실을 오가며 음식 접시 나르기에 분주하다.

이내 길쭉한 상에 모두가 모여 앉았다.

어른인 차기수를 시작으로 모두가 수저를 들었다.

술이 오가고, 그와 함께 덕담이 오간다.

화기애애한 분위기를 만끽하고 있는 이들의 밝은 얼굴 이면엔 미구에 닥칠 대재앙의 그림자가 드리워져 있었다.

최후의 만찬에 참석한 사람들처럼…

시간이 늦어 모두가 각자의 집으로 돌아갔다.

마지막으로 일어선 현성을 차기수가 자신의 서재로 불러들였다.

차기수의 표정은 좀 전과 달리 무척이나 진지하고 진중했다.

"현성 군."

"예."

"자네가 보기에 이 나라는 어떻게 될 것 같은가?"

현성은 차기수의 질문을 곱씹어보았다.

심도 깊은 질문이다.

"새로운 질서와 지배 체제가 나오지 않겠습니까?"

유오찬이 속한 조직은 발 빠르게 그 준비를 끝마쳤다.

이는 거스를 수 없는 흐름이다. 현성은 그리 생각하고 있었다.

"자네는 그것이 합당하다고 생각하는가? 정보를 조작하고 힘을 앞세운 무리의 지배가! 국민의 정당한 권리와 자유를 침해하는 독단이?"

"심판은 오늘을 사는 우리가 하는 게 아니라고 들었습니다."

"오늘을 사는 우리가 하는 게 아니다? 그럼 자네는 방관하겠다는 것인가?"

현성은 그제야 차기수가 자신을 불러들인 이유를 알 수 있었다.

하지만 현성은 그의 뜻에 동참할 생각이 없었다.

이는 유오찬과의 거래 때문이 아니었다.

본질의 문제였다.

"우리가 직면한 사태는 인류가 사느냐 죽느냐의 문제입니다. 문제의 근본을 제거하지 않은 상황에서 권력을 누가 잡느냐는 중요하지 않다고 봅니다."

"만약, 만약 말일세. 자네가 중요하게 여기는 그 근본의 문제를 우리가 무사히 풀어낸다면 그때 자네는 어느 쪽을 선택할 생각인가? 아니, 누구와 함께 출발하겠는가?"

집단이 안고 있는 고질적인 병폐인 편 가르기를 다른 사람도 아닌 민연의 부친이 강요하자 현성의 마음은 더할 나위 없이 무거워졌다.

현성은 꽤 오랫동안 말을 아꼈고 차기수는 묵묵히 기다려 주었다.

오랜 침묵을 깨고 현성이 말했다.

"저 또한 사람이기에 사람의 편에서 그들의 전우는 되어줄 수 있습니다. 하지만 사람과 사람의 아귀다툼에 낄 생각은 제 게 없습니다. 이것이 저의 대답이고 앞으로 제가 지켜 나가고 싶은 제 삶의 방향입니다."

평생을 전전긍긍하고 싸우며 살아갈 마음 따위 현성에게는 없었다.

그가 진심으로 바라는 삶은 소소한 기쁨이 자잘하게 깔린 평온한 일상이었다.

"인간 차기수의 입장에서 자네의 대답은 실망스러웠네. 하지만… 딸을 가진 아버지의 입장에서는 자네의 대답에 마음이 놓이는군. 오늘 일은 없던 것으로 하세. 그리고 민연인 아무것 도 모르네. 그럼 가보게."

"가보겠습니다."

확실한 선을 그었지만 차기수와의 대화에서 받은 무게감은 좀처럼 현성의 마음에서 사라지지 않았다.

"현성 씨!"

계단 모퉁이에 숨어 있던 민연이 불쑥 튀어나와 그의 앞길 을 가로막았다. 그녀의 기척을 감지하고 있었기에 현성은 전 혀 놀라지 않았다.

가끔 모른 척 자신의 장난에 장단을 맞춰주면 좋을 텐데.

아쉬움을 뒤로한 민연은 자신이 좀 더 분발하여 언젠가는 반드시 그와 오글거리고 달콤한 연애를 하겠다는 의지를 불태웠다.

"칫, 하나도 안 놀란 표정이네."

"섭섭한 표정이네."

"한 번이라도 장단 맞춰주면 안 돼?"

"노력해 볼게."

이 점이 현성의 장점이다.

민연은 그제야 불퉁한 표정을 풀었다.

"아버지가 무슨 말 했어? 나랑 자기 이야기야?"

"아니."

"그래? 그럼 무슨 이야기했는데?"

"남자들만의 이야기."

"남자들만의 이야기? 그게 뭐야?"

"그런 게 있어. 그만 가볼게. 잘 자."

성큼성큼 걸어가는 현성을 민연이 쪼르르 쫓아왔다.

"배웅할게."

"코앞인데."

"그래도."

"바람 찬데."

"나, 튼튼해."

"그런가?"

"그럼."

민연이 현성의 팔짱을 낀다.

그녀의 체온과 부드러움에 현성은 살짝 굳어 있던 마음을 누그러뜨렸다.

평범한 곳으로 눈만 살짝 돌리면 이처럼 삶이 풍요롭고 아름다운데 어째서 다들 정상에 오르지 않으면 불행하다고 여기는지.

"저기, 현성 씨."

"응."

"보일러 놔줄까?"

"집에 보일러 있는데."

"아니, 그 보일러 말고 자기 옆구리에."

수줍은 표정으로 옆구리를 어루만지는 민연의 손길과 고백에 현성은 발을 헛디딜 뻔했다.

민연과 함께하는 밤이라.

현성이라고 어찌 이 생각을 해보지 않았겠는가.

생각은 하고 있었지만 그녀에게 먼저 말하기에는 아직은 뭔가 덜 익은 밥 같은 느낌이 들어서 운도 떼지 못했다.

그런데 민연이 먼저 용기를 내어 말해주자 현성은 그녀에게 미안해졌다.

유오찬과의 약속이 잡히지 않았다면 기쁜 마음으로 '내가 먼저 말하려고 했는데.' 따위의 말과 함께 그녀의 용기에 보답했을 텐데.

'가는 날이 장날이군.'

현성의 표정만 뚫어지게 바라보던 민연이 활짝 웃는다.

"아, 웃었다. 선명하게."

"음, 저기… 그 보일러, 다음에 신청할게."

예상했던 대답이 아니었기에 민연은 많이 당황했다.

이 순간의 부끄러움을 모면하기 위해 나름 순발력을 발휘했지만 붉어진 얼굴은 그녀로서도 어쩔 수 없었다.

화끈.

"칫, 알았어. 잘 자."

도망치듯 걸어가는 그녀를 향해 현성은 미안한 마음을 듬뿍 담아 말했다.

"그래, 너도."

겨우 이따위 말이라니. 자신이 생각해도 참 모자란 대답 같았는지 현성의 입에서 나직한 한숨이 새어 나온다.

"어서 와."

오찬이 현성을 맞이하며 자리를 권했다.

자리에 앉은 그를 바라보더니 오찬이 마실 것을 물었다.

"별로."

현성이 거절하자 오찬은 더 이상 권하지 않고 자신이 마실 것만 챙겨서 맞은편에 앉았다.

그의 성격을 나름 파악했기에 두 번 권하지 않는 유오찬이다.

오찬이 먼저 입을 열었다, 진지하게.

"태양 흑점 폭발이 관측됐어. 76퍼센트의 확률이 맞아떨어졌지. 예상 시간은 3일 오후 2시에서 3시 사이라더군."

안 좋은 일은 꼭 예상을 빗나가지 않는다.

"몬스터 게이트의 출현 예상 지점은?"

위스키 한 모금을 입안에서 굴린 오찬이 삼키고는 말했다.

"복불복이야. 어디에 나타날지 알 수 없어. 한 가지 분명한 것은 이번 태양 흑점 폭발의 위력이 매우 강력할 것이라는 점이지."

"복불복이라… 운이 좋으면 한반도에 나타나지 않을 수도 있단 건가?"

"말했다시피 복불복이지."

"이번이 마지막이면 좋겠는데."

현성의 말에 오찬이 일어서더니 금고에서 종이 한 장을 갖고 왔다.

"읽어봐."

아낌없이 사랑을 베풀었던 여인과 그녀를 추종하던 자들의 습격으로 그는 증오를 알게 되었다. 증오는 영원히 꺼지지 않는 겁화가 되어 그의 심장과 혈관을 가득 채웠다.

그는 탐욕을 증오했다.

탐욕에 물든 역겨운 존재는 모두 그의 적.

그의 이름은 날개를 가진 뱀, 케찰코아틀루스…

그는 종말을 뿌리는 왕.

그의 충성스러운 천사들이 길을 내어 그 왕을 영접하리라.

왕은 세계와 세계를 끝없이 전전하며 문명을 거두는 냉혹한 농부.

탐욕을 버리지 못한 우리의 미래는 필연적으로 그와 조우하며 끝없는 성전 아래서 후회와 눈물과 피로써 처참한 영멸을 맞으리라.

A4 크기의 종이는 겨우 한 장에 불과했지만 거기에 담긴 내용은 그처럼 가볍지도 얄팍하지도 않았다.

묵직한 무언가가 가슴에 쿵 하고 내려앉는 느낌을 현성은 맛보았다.

"후회와 눈물과 피로써 처참한 영멸이라… 흔해 빠진 종말론이로군."

현성의 반응을 유심히 살핀 오찬은 다소 실망스러운 표정으로 대답했다.

그에게서 뭔가 특별한 반응을 기대한 것 같았다.

"그렇지. 흔해 빠진 내용이지. 하지만 네가 읽은 그 흔해 빠진 종말론의 원문인 파피루스엔 소스라치게 놀랄 만한 예언들이 많았다. 당시엔 예언에 불과했던 것들을 오늘날에 와서는 역사란 이름으로 우리가 배우고 있지. 그 파피루스의 내용 중 단 하나, 이것만 유일하게 입증되지 않았어."

"이것의 뒷부분은 없나?"

"그게 그 경전의 마지막 장이야. 그리고 우리가 아는 유명한 예언가 대부분이 그 경전을 통해 미래를 예언했다면… 음, 믿을 수 있겠어?"

유오찬의 말은 충격적이다.

예언서대로 이 세상이 굴러왔다면 지금의 세상은 파멸의 운명을 벗어날 수 없을 것이다.

"믿을 수 없군. 과거의 목소리가 현실을 밝힌 것인가?"

"과거의 목소리가 현실을 밝혔다라… 멋진 표현이군."

현성은 재차 A4 용지의 내용을 읽었다.

그의 눈길이 한 대목에서 오래 머물렀다.

"후이넘이 충성스러운 천사라. 천사라고 하기엔… 후이넘은 포악스러운 외모인데."

"크크. 재미있는 유머로군. 포악한 외모라. 뭐, 틀린 말은 아니지. 놈의 외모는 우리가 상상해 왔던 몬스터의 표본과 같은 모습이니까."

현성은 유오찬이 평소보다 많이 풀어진 듯한 느낌을 받았다.

더 이상 자신을 경계하지 않기 때문인지, 아니면 이 내용에 깊이 빠져 자포자기한 것인지.

"흠, 길을 내어 영접한다? 길을 열지 못하도록 막을 수 있다면 뒤의 문장은 공허한 메아리에 불과하겠군."

"넌 의외로 똑똑하다니까. 뭐, 힘만 센 바보가 아니라서 네가 더 마음에 들었지."

"그 길, 막을 방법은 있나?"

"있지."

대답은 긍정적이었지만 그 태도는 무의미함을 담고 있었다.

유오찬의 이와 같은 태도에서 현성은 그 방법이 현실적으로 어렵다는 사실을 쉽사리 추측할 수 있었다.

"시도조차 할 수 없는 일인가 보군."

"태양 흑점 폭발을 막으면 돼. 문제는 인류의 기술이 그 정도로 발달해 있지 않다는 거지. 한마디로 때리면 때리는 족족 맞아야 할 상황이야."

오찬의 술잔은 어느새 바닥을 드러내고 있었다.

'저 녀석도 안 지 얼마 안 된 이야긴가?'

평소와 다른 유오찬의 태도에 그제야 현성은 납득할 수 있었다.

"죽을 때까지 싸울 운명인가 보군, 인류는."

물끄러미 현성을 응시하던 오찬이 피식 웃는다.

"단순 명쾌하군. 넌 당황스럽지 않나?"

"달라질 게 없으니까."

"뭐? 뭐가 달라질 게 없다는 소리지?"

"병들어 죽나, 늙어 죽나, 사고로 죽나 어차피 인간은 죽는다. 그리고 피할 수 없는 싸움이라면 싸워야지. 그러다 쓰러지면 그걸로 됐다고 본다."

오찬은 둔기로 뒤통수를 얻어맞은 듯 한동안 말을 잇지 못했다.

"크하하하하. 너무 암울하고 허무하잖아. 그런 삶이라면 의미 따위 부여할 필요가 없어지는 거잖아. 너… 그런 생각으로 이제껏 살아왔냐? 죽음과 가까운 직업에 영향을 받은 건가? 어쨌든 한 가지 분명한 건… 넌 괴짜야."

오찬의 기분은 한결 나아진 듯 보였다.

"날 부른 용건이 너의 좌절을 내게 전염시키기 위함인가? 그렇다면 무익한 시간이군. 이만 돌아가겠다."

"잠깐, 기다려. 본론은 지금부터니까."

"말해."

"네가 특구 자치 부대를 맡아줬으면 한다."

"자치 부대?"

"후방이 안전해야 전선에 나가는 자들이 걱정 없이 싸울 수 있으니까. 아무리 생각해도 너만 한 적임자가 없더군. 미안하지만 인원은 많이 빼줄 수 없어. 네 역량을 믿고 인원수를 대폭 줄였거든."

말만 그럴 뿐 미안해하는 감정은 유오찬에게서 읽을 수 없었다.

잠시 생각하던 현성은 제안을 받아들였다.

"그렇게 하지."

"대답이 시원해서 좋군. 특구로 들어가라. 편의 시설이나 환경은 지금 있는 곳보단 훨씬 나을 거야. 물론 네 이웃도 데려가도 된다. 그리고……."

유오찬의 특구와 화랑단은 이미 부대 편성을 마무리한 상태로, 부대 명칭은 기존의 이름을 그대로 가져가기로 했다.

화랑단의 사령관은 유오찬으로 내정됐다.

이 때문에 화랑단 내부에서 말이 많았지만 유오찬이 성혼기

사단 출신이란 점과 정현수 총재의 적극적인 지원사격에 힘입어 직위가 결정됐다.

현 대한민국 내에서 정현수 총재의 뜻을 거스를 정치 세력은 없다고 봐야 한다.

그리고 그러한 정현수 총재조차 부처님 손바닥 안의 손오공이었다.

그 부처는 당연히 유오찬이다.

"…이리됐다. 대한민국 스킬러 나이트의 정점에 예정대로 안착했지. 참, 차민연 양은 특구 자치 부대로 배치했다. 두 사람, 잘해보라고."

"더 할 말 있나?"

"없어. 그리고 이건 개인적인 호기심인데 말이야. 깐깐한 일본 지부 애들을 어떻게 처리한 거야? 반병신을 만든 것도 아니고, 죽인 것도 아니고. 아무리 생각해도 녀석들이 순순히 물러날 이유가 없더라고. 혹시 모종의 거래가 오간 건 아니겠지?"

"그런 건 없다."

"그걸로 끝? 쳇, 명색이 네 직속상관인데! 아, 됐어. 더 이상 묻지 않겠어. 어쨌든 특구를 잘 부탁한다. 선우현성, 잊지 마. 그곳은 우리의 중요한 기반이란 사실을. 할 말 없으면 가도 돼."

가족을 믿고 맡길 수 있다는 건 상대를 완전히 신뢰하지 않고서는 불가능한 노릇이다.

물론 신뢰에 보답할 능력 역시 갖추고 있어야 한다.

그러한 점에서 현성은 유오찬이 유일하게 믿고 내세울 수 있는 인물이었다.

제36장

패밀리

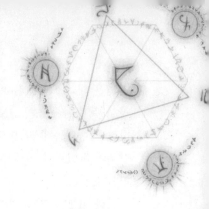

　현성과 이웃들이 사는 곳과 특구는 차량으로 20분 남짓한 거리였다.

　집안 살림에 필요한 것들은 이미 완벽하게 세팅되어 있다.

　몸만 달랑 움직이면 이사가 끝나는 것이다.

　선화네, 승희네는 그의 의견을 순순히 따랐다.

　문제는 차기수 전 국장이었다.

　그런데 의외로 그 역시 이사를 쉽게 받아들였다.

　이 점이 현성으로선 약간 의외였지만 좋은 방향으로 일이 수월하게 풀린 만큼 다행스럽게 생각했다.

　세 가구는 전처럼 독립 가구가 아닌 한 지붕 아래서 모여 살게 됐다.

넓은 테라스와 베란다를 가진 열두 개의 방과 일곱 개의 화장실, 독립된 구조의 크고 작은 두 개의 주방으로 이루어진 커다란 집이었는데, 밖으로 나가면 뒷마당에 연못과 수영장이 갖추어져 있으며 유사시를 대비해 지하 방공호까지 구비되어 있었다.

또한 이 모든 걸 감싼 담벼락은 성벽이 아닐까 싶을 만큼 높고 튼튼했다.

"으리으리하네요. 역시 캡틴은 능력남입니다. 하하하."

현성의 방으로 들어선 상도가 헤벌쭉 웃는다.

호화 주택보다 한 지붕 아래서 선화와 함께 살게 된 것을 상도는 더 기뻐하고 있었다.

"오늘 만날 사람들이 있다."

"예? 누굴?"

"가 보면 알아."

"저 혼자요?"

"아니, 아연이와 희연이도 함께 간다. 나중에 같이 올라와."

"알겠습니다. 그런데 언제쯤?"

"한 시간 후, 내 방으로 모여."

상도를 돌려보낸 현성은 서류철을 꺼내 들었다.

여기엔 특구 자치대에 소속된 자들의 신상명세서가 들어 있었다.

그중 가장 눈에 들어오는 인물은 유오찬의 오른팔로 알려진 김용수였다.

자신의 대원이기 이전에 감시자로 보면 될 것이다.

'이자를 포함해서 공간 이동 스킬러가 네 명이면 신속 대응엔 문제없겠군.'

창가로 걸어간 현성은 특구의 풍경을 다시금 두 눈에 담는다.

*　　　*　　　*

특구 자치대 본부는 지상 3층, 지하 2층의 고급 주택을 확대 개조한 것이다.

건물 내부엔 식당과 병원, 그리고 직원들이 항상 이용 가능한 여러 편의 시설물을 비롯해 자체 발전 장치와 비밀 창고 네 개가 갖추어져 있었다.

또한 각 창고마다 유사시를 대비한 유류, 식량, 피복, 무기가 비치되어 있다.

특구가 한눈에 내려다보이는 산 중턱에 들어선 이곳을 사람들은 특구 자치대 본부의 줄임말인 '특본'이라 부른다.

특본은 특구 내 모든 CCTV를 제어할 수 있으며, 군과 경찰에 대한 지휘권도 행사할 수 있었다.

특구를 왕국으로 봤을 때 이곳, 특본은 왕성이나 다름없었다.

특본 3층, 대회의실.

현성을 중심으로 23명의 특구 자치대 소속 스킬러 나이트가 양쪽으로 앉아 있다.

첫 만남부터 분위기는 좋지 않았다.

현성을 굴러들어 온 돌이라고 여긴 자들이 불만을 노골적으로 표출하자 조용한 성품의 아연과 민연까지도 불편한 속내를 그대로 드러낼 정도였다.

상도와 희연은 굳이 언급할 필요조차 없었다.

"본부장님, 한 말씀 부탁드립니다."

이래선 안 되겠다 싶었는지 김용수가 나서서 현성에게 취임사를 부탁했다.

그제야 현성이 무거운 입을 뗐다.

"이것 하나만 명심하기 바랍니다. 여러분은 여기 앉은 나를 위해 싸우는 것이 아니라 여러분 자신과 여러분이 소중하게 여기는 사람들을 위해 싸우는 것입니다. 나 또한 그럴 것이고 말입니다."

공식적인 자리였기에 나름 예의를 갖춘 현성이었다.

"본부장님, 제가 한 말씀 드려도 될까요?"

"말하세요, 서미래 대원."

"우리에게 본부장님은 갑자기 떨어진 낙하산입니다. 그런 분을 저희가 과연 믿고 신뢰할 수 있겠습니까?"

서미래의 말은 상당히 도전적이었다.

이에 발끈한 희연은 한바탕 할 각오로 그녀에게 도전장을 날렸다.

"나도 당신을 믿고 신뢰할 수 없으니 어쩌죠?"

"뭐야? 이 꼬맹이가."

분위기는 더욱 살벌해졌다.

"언제 봤다고 반말이죠? 왜, 아니꼬운가? 아니꼬우면 한판 붙어보든가요, 아. 줌. 마!"

"아줌마… 이익."

"그러다 틀니 하겠어, 아줌마."

더 이상 방치했다간 드잡이로 이어질 것 같아 김용수가 나섰다.

"서미래 대원, 이 무슨 추탠가."

"용수 오… 죄송합니다, 부장님. 본부장님이나 저기 저 사람들은 우리와 다른 길을 걸었던 사람들입니다. 그런 자들을 상관으로, 그리고 동료로 인정하는 게 쉽겠습니까?"

상도가 깐죽댄다.

"그럼 어쩔 건데?"

희연이 맞장구친다.

"그러게."

아연과 민연은 그 옆에서 말없이 고개만 끄덕였다.

파벌주의의 바람은 이 조그만 조직에서도 예외 없이 불고 있었다.

"배신자는 입 닥치고 있지? 너 때문에 실내 공기가 더 구려지잖아!"

"무지개 반사요."

상도의 유치한 개그에 미래는 말문이 막혔다.

바들바들.

성질이 뻗친 미래를 대신하여 그녀의 동료들이 지원사격에 나섰다.

"경상도! 배신자는 입 닥치고 있어."

"그러게. 간에 붙었다 쓸개에 붙었다. 이제 어디에 붙을래? 후이넘 후장에 붙을래?"

"크크크. 저 자식은 그러고도 남을 놈이지."

사람들의 거침없는 비아냥거림에도 상도는 흔들리지 않았다.

오히려 히죽 웃으며 사람들의 비난을 받아쳤다.

"쯧쯧, 뭐 눈엔 뭐만 보인다더니. 정말 한심해. 한심해."

"뭐! 이 새끼, 당장 따라 나와. 오늘 갯값 한번 물어주마."

"김충식이, 내가 예전의 그 경상도로 보이냐?"

"뭐!"

"무슨 말만 하면 뭐 뭐만 찾네. 머리가 나쁜 애들은 어휘력도 그러냐? 희연아, 저런 덜떨어진 놈들이랑은 놀지 말자."

"그러게. 호호."

회의실의 소란은 도무지 잦아들 기미가 없다.

잔뜩 화가 난 용수가 탁자를 내려쳤다.

쿵!

"첫날부터 이 무슨 짓이냐!"

"그만, 김 부장님."

상황을 지켜보기만 하던 현성이 자리에서 몸을 일으켰다.

모두의 시선이 그에게로 향한다.

"의견을 모아 팀장을 선출하려고 했는데 여러분들의 태도를 보니 밤을 꼬박 지새워도 불가능할 것 같군요. 김 부장님."

"예, 본부장님."

"대련을 통해 세 명의 팀장을 뽑도록 하겠습니다. 한 시간 후 시행할 테니 지원자를 받으세요."

현성의 결정에 용수는 우려스러웠다.

감정이 격해진 지금 대련을 붙였다간 불미스러운 결과가 속출할 수 있기 때문이다.

용수는 현성에게 재고를 요청했다.

그러나 현성의 결정은 바뀌지 않았다.

*　　　*　　　*

아연, 희연, 상도가 팀장에 지원했다.

아연의 지원은 예상 밖이었다.

기존의 대원들은 자체 회의를 통해 세 명을 선출했다.

서미래, 박문호, 백도식이 뽑혔다.

이들 여섯 사람은 사람들이 지켜보는 가운데 대련을 펼치기로 했다.

희연과 서미래를 시작으로, 아연과 박문호, 상도와 백도식이 맞붙게 되었다.

현성은 자신의 사무실 창가에서 이를 지켜보았다.

대련의 심판은 김용수가 맡았다.

"스킬러 고유의 능력은 사용 금지다. 이를 어기면 실격패다. 또한 항복하는 자를 공격하는 행위와 패색이 짙은 자를 공격하는 행위, 그리고 무리한 공격 역시 실격 처리한다."

주의 사항을 공지하는 걸 끝으로 대련이 시작됐다.

먼저 희연과 미래가 나선다.

"아줌마, 힘에 부치면 항복이라고 외쳐."

"내가 할 소리다, 건방진 꼬맹이."

"그 입에서 팀장님 소리 나오게 만들어줄게. 기다려."

"흥!"

츠츠츠.

희연이 먼저 자신의 광검을 뽑았다.

찬란한 황금빛이 희연을 전신을 감싸며 주변을 밝힌다.

"헛! 그… 금광검이잖아."

"저 꼬맹이가 저걸 믿고 기고만장했던 거군."

"미래 씨 괜찮을까?"

"광검의 차이가 승부의 관건은 아니야."

"그렇긴 하지."

"앗, 시작한다."

주변은 삽시간에 쥐죽은 듯 조용해졌다.

희연의 금광검과 미래의 은광검이 허공에서 격돌했다.

초반은 정면 대결이다.

파지지지지지!

미래는 자신의 광검을 타고 밀려오는 압력에 손목이 시큰거렸다.

반면 희연은 태연했다.

"본격적으로 들어간다. 조심해, 아줌마."

미래는 오늘의 이 수모를 반드시 승리하여 되갚아주겠노라 다짐했다.

미래의 전신에서 투지가 들끓는다.

"간다!"

광검은 무게가 나가지 않기 때문에 세 살 먹은 어린아이라도 위력적으로 움직일 수 있다.

대련 중에 발생한 매서운 파공음과 섬광은 마치 한여름 밤의 거친 폭풍우를 연상시켰다.

광검이 지면을 때리니 지면이 쩍 갈라져 터진다.

커다란 정원수를 때리면 두부처럼 베어진다.

걸리는 족족 다 베어져 나가고 있었다.

오직 서로의 광검만이 공격에서 버틸 수 있을 뿐이다.

"저 꼬맹이에게 미래 씨가 밀리고 있어."

"승부는 아직 끝나지 않았어! 미래 씨, 힘내세요!"

미래를 향한 응원이 쏟아진다.

"우리 희연이, 파이팅이다! 이기면 이 오빠가 명품 가방 쏜다!"

이에 질세라 상도 역시 우렁차게 소리친다.

창챙챙챙! 번쩍!

정면, 수평, 좌우, 하단, 올려 베기가 놀라운 속도로 펼쳐졌다.

광검의 장점은 가공할 절삭력과 속도를 들 수 있다.

한순간의 방심이, 과도한 욕심이, 두 눈 시퍼렇게 뜨고도 코가 베일 수 있는 위험한 상황을 만들어낼 수 있었다.

'이 아줌만 왜 이렇게 질겨?'

'어디서 이런 괴물 같은 계집애가 갑자기 튀어나온 거야! 칫.'

미래는 광검이 충돌할 때마다 체내에 충격이 쌓여가는 것을 느낄 수 있었다.

몸을 빼내어 잠시 숨을 돌리면 좋겠건만 상대는 그런 여유조차 주지 않고 몰아붙였다.

시간이 지날수록 미래의 패색이 짙어졌다.

대련의 진행은 이제 무의미했다.

"중지! 유희연 대원, 승."

다음은 아연의 차례였다.

잘 드러내지 않아서 그렇지, 실력 면에서 희연보다 우수한 아연이다.

박문호를 상대로 아연은 어렵지 않게 승리했다.

자매의 금광검은 사람들에게 적잖은 충격을 던졌다.

그리고 마지막으로 경상도와 백도식이 맞붙었다.

의외로 두 사람의 대련은 앞의 두 대련을 뛰어넘는 박진감과 볼거리를 제공했다.

휙휙 날아다니고, 붙었다가 떨어지고…

영화 속 액션 장면을 연출해 내고 있었다.

앞서 두 대련 시간의 곱절이나 더 싸운 상도와 도식의 대련도 점차 승자와 패자가 나타나기 시작한다.

상도에게서 패색이 보이자 이를 지켜보던 희연이 버럭 소리쳤다.

"선화 언니랑 지하 알면 좋아하겠다!"

불끈.

내심 포기를 결심했던 상도는 이 소리에 정신이 번쩍 들었다.

'선화 씨, 지하야, 꼭 이기마!'

투지가 끓어오른 상도는 익숙하지 않은 위험한 한 수를 시전 했다.

이 기술은 현성과 아연이 대련할 때 그가 눈대중으로 보았던 것으로서 보기보단 무척이나 위험한 고도의 공격 기술이었다.

더욱이 두 사람이 쥔 무기는 쇠기둥도 두부처럼 잘라낼 수 있는 광검이다.

"앗!"

"헛!"

저 기술의 위험성을 알고 있는 아연과 희연이 크게 놀라 경악성을 토한다.

사무실에서 대련을 지켜보고 있던 현성마저 이 순간 깜짝 놀라 두 주먹을 불끈 쥐었다.

만에 하나 백도식이 강하게 밀어붙인다면 상도에겐 더 이상 내일이 없을 상황이었다.

당황한 백도식은 지레 겁먹고 뒤로 몸을 빼버렸다.

의지가 흐트러지자 백도식의 광검은 흔적도 없이 사라졌다.

상대의 검신을 타고 올라가던 상도의 광검은 방향을 잃고 빈 허공을 세차게 가른 뒤 바닥에 깊게 틀어박혔다.

"으갸갸갸갸! 내가 이겼다! 여기, 경상도 님이 이기셨다! 캬 캬캬캬캬."

상도는 방금 자신이 무슨 짓을 저질렀는지 전혀 알지 못했다.

오로지 승리했다는 그 기쁨에 도취해 대원들 앞에서 거들먹 거렸다.

"경상도, 무리한 공격으로 실격!"

상도의 기쁨은 김용수 부장의 냉정한 목소리에 줄 끊어진 연처럼 날아가 버렸다.

'뭐지? 내가 잘못 들었나?'

혼란과 의문이 가득한 표정의 상도를 향해 김용수 부장이 못을 박는다.

"경상도, 실격이다."

어찌 상도가 이를 순순히 받아들일까.

화르르륵.

"지금 뭐, 뭐라고 했습니까? 실격이라뇨. 그따위 판정이 어디 있습니까?"

"실격이라고 했다, 경상도."

김용수 부장은 물러서지 않았다.

평소에 비해 용수의 표정은 몹시 차갑고 날카로웠다.

기존의 대원들은 알 수 있었다.

지금 용수가 대단히 화가 많이 났음을, 그리고 저 사내의 화가 행동으로 이어지는 순간 어마어마한 사태가 발생하리란 것을 말이다.

그래서 다들 움찔 놀라 뒷걸음질을 쳤다.

"굴러들어 온 돌들이 싹쓸이 우승했다고 지금 텃세 부리는 겁니까? 그딴 식의 판정에 난 승복할 수 없어! 시팔."

말하다 보니 더욱 억울해진 상도는 그 화를 주체하지 못했다.

"상관에 대한 예의를 지켜라, 경상도. 이건 경고다."

아연과 희연은 상도가 펼쳐 보인 기술의 위험성을 잘 알고 있었기에 용수의 판단에 반박할 수 없었다.

이를 알지 못하는 민연만 상도의 편을 들었다.

용수의 기세가 하도 흉흉하여 나서서 따지진 못했지만.

"아우, 시발. 돌겠네. 김 부장님, 분명 내가 저 자식 이겼잖아요. 저 자식이 먼저 광검을 회수했잖아요. 그건 스스로 항복한다는 말 아닙니까? 이건 시비조차 걸 수 없는 완벽한 제 승립니다."

"무리한 공격은 금지한다는 말 못 들었나? 넌 방금 백도식 대원을 죽일 뻔했다. 반대로 백도식 대원이 공격을 감행했다면 넌 그 자리에서 양단됐을 것이다."

김용수가 끓어오르는 성질을 눌러가며 되도록 차분하게 상황을 설명했다.

모르긴 해도 기존 대원들이 상도처럼 굴었다면 지금까지 멀쩡하게 서 있지 못했으리라.

하지만 용수의 설명도 상도에겐 억지요, 궤변이었다.

"백도식."

"예, 부장님."

"이번 대련의 우승자는 너다."

"저… 음, 감사합니다."

하수가 어찌 고수의 수법을 알아볼까.

백도식 역시 어떻게 된 상황인지 몰랐다.

그래서 도식은 자신이 상도에게 패배했다고 생각했다.

이는 다른 이들도 마찬가지였다.

'김 부장, 저런 사람 아닌데?'

'편파… 같은데.'

하지만 김용수 부장의 태도가 완강한 데다 그 눈빛마저 너무 단호하여 백도식은 대련의 패배자가 자신이라는 말을 삼켰다.

기회를 봐서 승리를 반납해야겠다고 생각하며 후일을 기약했다.

눈앞에서 벌어진 상황에 상도는 더욱더 미쳐 날뛰었다.

백도식의 멱살을 틀어쥔 상도가 고래고래 소리를 질렀다.

"야, 이 개자식아! 네가 졌잖아. 졌으면 남자답게 시인해야지. 그게 사내새끼잖아! 시발 놈아!"

도식은 상도의 시선을 외면했다.

부정한 승리는 백도식 역시 원하지 않았기 때문이다.

쾅쾅쾅.

"아연아, 희연아, 민연 씨, 이게 말이 됩니까? 분명히 내가 이겼잖아요! 내가!"

억울한 마음에 상도는 가슴을 부술 듯 두들기며 세 여자를 쳐다보았다.

"상도 아저씨, 그만하지."

"그래요. 그만하세요, 상도 아저씨."

믿었던 자매조차 자신의 편을 들어주지 않자 상도는 더욱더 화가 났다.

아니, 정확하게는 섭섭했다.

민연은 아연과 희연이 김용수의 판정에 납득하자 자신이 보지 못했던 걸 저들 자매가 본 것이 아닐까 싶어 한 걸음 물러났다.

이리저리 고개를 홱홱 돌리던 상도는 사무실 창가에 서 있는 현성을 보게 되었다.

"난 절대 인정 못 해! 캡틴, 아니, 본부장님께 물어보자고!"

전 대원의 눈길이 창가에 서 있는 현성에게로 향했다.

용수는 상도의 태도가 거슬리고 못마땅했지만 현성의 입장을 생각해서 대원들과 함께 그의 사무실로 올라갔다.

한편으로는 현성이 어찌 나올 것인가? 하는 개인적인 호기심도 적잖이 들어 있었다.

"본부장님, 마지막 대련……."

"됐습니다. 판정에 이의 없습니다."

"캐, 캡틴! 전… 불복합니다."

최후의 보루라 믿었던 현성마저 자신을 외면하자 상도의 실망과 답답함은 걷잡을 수 없이 커졌다.

돌아가는 상황을 보니 자신에게 문제가 있었던 것 같긴 하지만 그래도 한 식군데 좀 감싸주고 그러면 얼마나 좋을까.

판정에 대한 불만이 불길이었다면, 현성과 자매의 외면은 차가운 비수처럼 상도의 마음을 쿡쿡 찔렀다.

"김 부장님."

"예, 본부장님."

"유아연, 유희연, 백도식을 팀장으로 승인합니다. 팀원은 내일 오전 중으로 편성한 뒤 보고하세요."

"알겠습니다. 그럼."

상도를 제외한 모든 이들이 사무실을 나갔다.

"경상도."

"……."

"이것이 대련이 아닌 실전이었다면 넌 죽은 목숨이다."

상도는 승복할 수 없다는 듯 고개를 발딱 치켜들어 현성을 바라보았다.

"난 모르겠습니다."

"모른다니… 가르쳐 주지."

단단히 뻐친 상도의 덜미를 움켜잡은 현성은 곧장 소백산 은신처로 공간 이동을 했다.

그리고 그곳에서 현성은 상도가 모르는 부분을 꼼꼼하게 가르쳐 주었다.

"으아아아… 컥! 이, 이제 알겠습니다. 캡틴, 살려주세요!"

"네 몸은 아직 못 알아들은 것 같다."

상도의 그날은 무척이나 길고 아팠다.

"인, 인정합니다! 승복한다니까요!"

"아직이다."

*   *   *

두들겨 맞아 곤죽이 된 상도를 끌고 현성이 집으로 돌아왔다.

새벽 1시가 다 되어서야 돌아온 두 사람을 모두가 기다리고 있었다.

상도의 모습에 그들은 깜짝 놀랐다.

제대로 서 있지도 못하는 상도를 보고 아연이 치유의 힘을 발휘해 상처를 완치시켰다.

굶주린 그를 위해 선화가 황급히 밥상을 차려주었고, 그 옆에서 준희는 용수와 기존의 대원들을 입에 침을 튀겨가며 성토했다.

가슴에서 뜨거운 뭔가가 복받쳐 오른 상도는 축축하게 젖은 짠 밥을 먹었다.

눈물 젖은 빵, 아니, 밥이다.

훌쩍.

"사회생활이란 게 좋은 날만 있는 게 아니네. 속상하더라도 풀게, 상도 군."

차기수의 자상한 격려.

"그 자식들, 분명 텃세 부린 걸 거야. 상도야, 힘내라. 힘! 파이팅."

형님 동생 하며 지내게 된 김정호의 힘찬 응원.

사람들은 돌아가면서 상도를 위로하고 격려했다.

그리고 그의 편에서 김용수 부장과 대원들을 험담했다.

그제야 상도의 섭섭한 마음이 풀어졌다.

"이봐, 아저씨. 힘내라고."

"미안했어요, 상도 아저씨."

희연과 아연이 다가와 상도를 격려하며 평소 그가 좋아하던 반찬을 먹기 좋게 밀어준다.

이 모습을 지켜보던 현성은 제 방으로 올라갔다.

배고프긴 그 역시 마찬가지였는데 아무도 그에겐 밥 먹으란 소릴 하지 않는다.

그래서 현성은 살짝, 아주 살짝 섭섭했다.

똑똑똑.

"현성 씨."

"들어와."

민연이 소반을 들고 그의 방으로 들어온다.

소반 위엔 고봉밥 한 그릇과 세 가지 반찬이 예쁜 그릇에 담겨 있었다.

"배고프지?"

"조금."

"이리 와서 먹어."

역시 애인밖에 없다.

"고마워."

"다음엔 적당히 패. 상도 씨 보고 깜짝 놀랐어. 반쯤 죽여놓는다는 게 무슨 말인지 오늘에서야 알았다니까."

현성은 상도를 패지 않았다.

잘되라고, 다음엔 ㄱ와 같은 위험한 짓 하시 말라는 의미에서 교훈을 내려줬을 뿐이다.

그런데 식구들 모두 상도의 상태만 보고 오해를 한다.

하아.

"웬 한숨? 다른 반찬 갖다 줄까?"

"아니, 됐어."

이런 소소한 오해에도 섭섭함을 느끼다니.

왠지 상도의 마음이 조금은 이해되는 현성이었다.

'편… 들어줄 걸 그랬나?'

고봉밥 한 그릇을 순식간에 뚝딱 해치운 현성의 모습에 민연이 슬며시 웃음 지었다.

"이렇게 배고팠는데 참았어? 혹시 다들 상도 씨만 챙겨서 삐친 거야?"

민연의 두 눈에는 짓궂은 장난기로 가득했다.

아니라고 하기에는 거짓말 같고, 맞다고 하기에는 기분이 나쁘다.

그래서 현성은 입을 꾹 닫아버렸다.

"귀엽네, 현성이. 누나가 뽀뽀해 줄까?"

"뭐?"

"맞는 말이잖아. 내가 자기보다 들이마신 산소와 먹은 밥이 얼만데. 자그마치 3년이야. 3년. 호호."

민연은 기분이 좋은 듯 보였다.

반면 현성의 기분은 썩 좋지 않았다.

"앞으로 깍듯이 존대해 줘?"

"에계계, 정말 삐졌네, 우리 현성 씨. 호호호."

잡아주지 않으면 뒤로 발랑 넘어질 것처럼 요란하게 웃는 민연이었다.

그녀의 웃는 모습은 좋아하지만 지금의 저 웃음은…

'은근 얄밉네.'

민연이 돌아가고 나서 아연이 소반을 들고 올라왔다.

"오빠, 배고프죠? 소반 찾느라고 좀 늦었어요."

"아니."

정말 배가 안 고팠다.

밥 먹은 지 30분도 안 됐는데 배가 고프면 그게 인간인가? 돼지지.

"아깐 모른 척해서 미안해요. 상도 아저씨가 너무 엉망진창이라 오빠 챙겨주기가 민망해서 그랬어요. 얼른 먹어요."

욕조에 채워놓은 따뜻한 물이 식기 전에 현성은 아연이 가져온 밥을 뚝딱 해치웠다.

"배 많이 고팠나 봐요."

아연은 현성을 안쓰럽게 쳐다본 뒤 소반을 들고 일어섰다.

그녀가 나가자 현성은 제 배를 쓰다듬었다.

야밤에 지나치게 포식했다.

샤워실로 가려던 현성은 다시 노크 소리를 들었다.

'설마……'

"들어오세요."

"현성 씨, 배고프죠."

선화가 소반을 들고 들어온다.

이건 무슨 계주도 아니고 다들 왜 저럴까 싶다.

"별로."

"상도 씨에게 얘기 들었어요. 배고프실 텐데 드세요. 소반 찾느라고 시간이 좀 걸렸네요."

요번에도 고봉밥. 일명 머슴밥이다.

"정말 배가 안 고픕니다."

"다들 상도 씨만 챙겨서 섭섭하셨죠? 마음 푸시고 얼른 드세요. 그래야 내일 출근하시죠."

현성은 진정으로 배가 불렀다.

하지만 선화의 진지한 태도와 미안해하는 그 표정을 보자 차마 거절하지 못하고… 먹었다.

고봉밥 세 그릇이면 황소도 배가 터져 죽지 않을까? 아무튼 선화가 가져온 밥도 현성은 꾸역꾸역 다 비웠다.

"주무세요."

"아… 예."

선화가 떠나자 현성은 샤워실에 들어갔다.

욕조에 받아놓은 물은 식어 있었다.

풍덩.

'하아.'

이번 한숨에는 배부른 자의 거북한 느낌이 실려 있다.

그렇게 샤워를 하고 나온 현성은 다시 노크 소리를 들었다.

똑똑.

'음, 음몬가?'

"누구세요?"

"나야, 희연이."

벌컥 문을 열고 희연이 들어온다.

현성은 제일 먼저 그녀의 손을 살폈다.

다행히 그녀는 소반을 들고 있지 않았다.

그렇다고 빈손은 아니다.

컵라면이 보인다.

현성의 두 눈에 경계심이 서렸다.

희연이 가져온 것은 거절해도 괜찮으리라.

"그건 뭐지?"

"컵라면."

"그건 왜?"

"먹을라고."

"…누가?"

"누가라니? 당연히 나지. 왜, 달라고?"

다행하게도 희연은 현성을 위해 컵라면을 가져오지 않았다.

현성으로선 천만다행이 아닐 수 없었다.

"아니."

"뭐야, 그 정색은. 먹고 싶은 거야? 줄까? 귀찮긴 하지만 나야 내려가서 갖고 오면 되니까."

"괜찮아."

"그래, 알았어. 그럼 잘 자고. 내일 상도 아저씨 위로 좀 해. 그 아저씨, 보기보다 맘이 약하잖아."

"위로는 충분히 받은 걸로 아는데."

'그래' 라든가 혹은 '알았다.' 라는 말을 하면 될 것을 왜 이렇게 대꾸했을까? 무심결에 흘린 자신의 말에 현성은 기분이 살짝 상했다.

시샘으로 투정하는 아이 같았기 때문이다.

아이는 귀엽기라도 하지.

현성은 희연에게서 시선을 돌려 버렸다.

희연은 현성이 평소와 다르다는 느낌을 받았다.

그렇다고 확실하게 이렇다 할 만한 건 아니고 애매모호한 쪽이었다.

이는 그녀가 현성에 대해 갖고 있는 선입견, 즉 하늘이 무너져도 꿈쩍 않을 남자라는 생각이 강했기 때문이다.

'피곤해서 그런가? 컵라면 먹고 자야겠네.'

현성이 이상한 것이 아니라 자신이 피곤해서 인식 기능에 문제가 발생한 것이라고 그녀는 생각했다.

"내가 피곤한가 보네. 암튼 잘 자."

현성은 침묵으로 희연을 배웅한 뒤 침대에 걸터앉았다.

앉으니 눕고 싶다.

그래서 몸을 뉘였더니…

'속이 더부룩하네.'

불편해진 속을 무시하고 버틸 수는 있지만 굳이 그럴 필요까지 있을까 싶어 옥상에 가서 소화를 좀 시킨 뒤 자기로 했다.

방을 나서려던 그때였다.

똑똑.

오늘 밤은 더 이상 듣고 싶지 않은 노크 소리가 현성을 두들긴다.

"현성 군, 자나?"

차기수의 은근한 목소리가 노크를 따라 들어왔다.

'무슨 일이시지?'

다른 사람도 아닌 차기수의 방문이다.

모른 척하는 것은 예의가 아닌 것 같아서 현성은 그를 맞았다.

뜨끔.

차기수는 빈손이 아니었다.

"······! 소, 소반이군요."

현성의 표정은 순식간에 떫은 감 씹은 표정이 됐다.

곧 사라졌지만.

차기수는 이를 알아보지 못했다.

"생각해 보니 자네가 출출할 것 같아서 대충 챙겨왔네."

괜찮다고, 배가 불러 죽겠다고 말해주고 싶다.

하지만 어른이 챙겨 오신 식사를 어찌 물리겠는가.

"가, 감사합니다."

현성의 인간적인 면을 다채롭게 보여주는 밤이 아닐까 싶다.

                    *   *   *

그날, 하루 전.

전 세계에 팽팽한 긴장감이 퍼져 있다.

대부분의 사람은 이를 알아차리지 못한 채 변화된 질서에 대한 푸념과 원망과 희망을 안고 평범하게 하루를 시작했다.

특본—특구 자치대 본부—의 제 사무실에 들어선 현성은 민연과 함께 오붓한 티타임을 가졌다.

두 사람은 차를 마신 뒤 함께 특본 이곳저곳을 꼼꼼하게 살폈다.

그리고 마지막으로 특본의 심장이라 할 수 있는 곳으로 향했다.

"안녕하십니까."

"일들 보세요."

수십 개의 모니터와 위성통신 장비를 보유한 상황실로 남녀가 들어서자 전원이 자리에서 일어나 그를 맞았다.

이곳에선 특구의 모든 것을 관찰할 수 있으며 특구 내 군경을 통제할 수도 있다.

현성이 인사를 받아주자 모두 제 위치에 앉았다.

상황실 전체를 내려다볼 수 있는 좌석이 현성의 자리다.

자리에 앉아 상황실에 켜진 모니터를 일일이 확인한 현성은 제 사무실로 올라갔다.

민연은 그림자처럼 그를 따라다녔다.

특본의 이인자 김용수가 현성의 사무실로 찾아왔다.

"어제 말씀하신 대로 대원들을 배치해 봤습니다."

서류를 검토한 현성은 그것을 승인했다.

자신의 생각에서 벗어나지 않는 편성이었다.

"그리고 오늘 정현수 총재와 의원들이 격려차 특본을 방문하기로 되어 있습니다. 갑자기 잡힌 일정이라 미리 말씀드리지 못했습니다."

"내가 만나 봐야 합니까?"

"꼭 그러실 필요는 없습니다."

정현수 총재 따위 안중에도 없다는 듯 간단하게 대답해 버리는 김용수다.

"그렇다면 김 부장님이 알아서 하세요."

"알겠습니다. 저, 한데… 아닙니다."

얼버무리며 말을 끊어버린 김용수의 태도가 이상했지만 현성은 이를 묻지 않았다.

'어제부터 왜 존대를 하는 거지? 좋은 뜻인가? 나쁜 뜻인가?'

아무리 작은 돌이라도 수면에 떨어지면 파문을 일으키는 법이다. 현성의 바뀐 말투와 태도는 용수에겐 파문을 불러온 돌이었다.

"나가보세요."

"예, 그럼."

김용수가 나가자 민연이 현성의 뒤에서 그의 목을 끌어안았다. 그녀의 스킨십은 점점 대담하게 발전하고 있었다.

"김 부장님이 왜 저러는지 알아?"

"글쎄."

"자기 때문이야."

"그게 무슨 말이지?"

"현성 씨 주변인들이 평소와 다른 행동을 한다고 생각해 봐. 무슨 생각이 들겠어?"

그녀의 말을 곱씹던 현성은 곧 그 뜻을 이해할 수 있었다.

"그렇군."

"그런데 아연이와 희연일 전투에 내보내도 괜찮겠어? 그 애들은 아직 어린 소녀들이잖아."

"스스로 일어설 때도 됐어."

민연이 그의 어깨를 타고 돌아오더니 냉큼 허벅지에 앉아서 요염한 표정을 지었다.

"호오, 꽤 냉정하네. 나한테도 그럴 거야?"

현성은 민연이 점점 도발적이고 과감하게 변하는 것 같다고 느껴졌다.

그렇다고 그녀의 이러한 태도가 딱히 당혹스럽지만은 않았다. 아니, 오히려 그녀의 직접적인 표현 방식이 더 편했다.

좋아하지 않는 남자에겐 차갑고 무심한 게 여자다. 반대로 좋아하는 남자에겐 끝없이 질문을 던져서 그 사람의 마음을 늘 확인하려 드는 이도 여자다.

여자들의 이 밑도 끝도 없는 행동에 혹시라도 무미건조하게 대처하거나 면박을 주었다간 당장에 꼬투리를 잡혀 시달리게 되기 십상이다.

다행히도 현성은 그녀에게 그 꼬투리를 내주지 않았다.

"아니."

화사한 미소와 함께 그녀의 꽃봉오리 같은 입술이 현성의 입술을 살짝 포갠다.

쪼옥.

"현성 씨."

"응."

"우리가 살아 있는 그날까지 서로 믿고 의지하자."

현성은 자신을 쳐다보는 민연의 맑은 두 눈동자에서 조바심과 두려움을 느낄 수 있었다.

"그러자."

얼굴을 가슴에 묻은 그녀를 현성은 부드럽게 감싸 안았다.

                    *   *   *

"언니야."

"왜?"

"괜찮겠어?"

아연은 걱정 가득한 희연의 얼굴을 들여다보며 그녀의 양볼을 장난스럽게 좌우로 잡아당겼다.

"괜찮아."

"정말?"

"그래."

"위험하다 싶으면 뒤로 빠져. 괜히 나서서 다치지 말고."

"너나 다치지 마."

서로를 걱정하는 자매를 향해 상도가 씩씩거리며 다가왔다.

"여긴 왜 와?"

희연의 퉁바리에도 상도는 개의치 않았다.

이런 일이 하루 이틀이라야 당황스럽고 섭섭하지, 매일 겪다 보니 오히려 퉁바리를 듣지 않는 날이 더 찜찜하고 허전했다.

풀썩.

소파가 꺼지도록 거칠게 앉은 상도의 모습은 불평불만이 터지기 직전이었다.

대체 무슨 일을 당하고 왔기에 저리 잔뜩 열이 받아 있는지.

"무슨 일이세요?"

아연이 부드럽게 물어주자 이를 기다렸다는 듯 상도의 불만이 터졌다.

"김 부장이 날 백도식 팀에 넣었잖아. 알아, 그럴 수 있다는 거. 하지만 내가 더 열 받는 건 캡틴이야. 어떻게 백도식이 밑에 날 둘 수 있어?"

"그럼 캡틴에게 가서 따지지 왜 여기 와서 화풀이야."

희연의 얼굴에서 못마땅한 기색이 풀풀 날린다.

"갔지. 갔어. 갔는데 민연 씨랑 야릇한 장면을 연출하고 있잖아."

현성과 민연의 포옹 장면을 보고 부리나케 몸을 돌려서 곧장 이곳으로 달려온 상도였다.

아연의 표정에 돌연 먹구름이 깔렸다.

생각으로는 현성을 정리했지만 아직 마음까지 정리된 것은 아니었다.

눈치 없는 상도의 고자질에 희연이 대번에 버럭 했다.

"그런 얘길 왜 퍼트리고 다녀."

"퍼트리긴 뭘 퍼트려? 아예 광고하고 있던데."

아연의 눈치를 보랴, 상도를 향해 쌍심지를 켜랴, 이래저래 바쁜 희연이다.

"그런 푸념할 거 같으면 딴 데 가서 해."

"내가 이런 이야길 어디서 하나?"

"선화 언니 있잖아."

희연이 선화를 거론하자 상도는 난처한 표정으로 그녀와 아연을 동시에 살폈다.

'어라? 아연인 왜 저래? 안 좋은 일 있었나?'

그제야 아연의 표정이 눈에 들어오는 상도였다.

"이 얘기, 선화 씨에겐 하지 마라. 나도 체면이랑 자존심이 있잖아."

"우리 앞에서도 좀 지켜주면 안 되겠어?"

"에이, 우리가 어디 남이냐?"

"남이지. 그럼 가족이냐?"

"패밀리잖아."

하아.

깊은 탄식이 희연의 작은 입술을 비집고 튀어나온다.

"사양이거든. 언니, 우리가 피하자."

상도의 생각 없는 입이 불안해진 희연은 아연을 데리고 자리를 피해 버렸다.

상도가 자매를 따라갔다면 희연의 매서운 주먹맛을 봐야 했을 것이다.

다행히 그런 눈치는 남아 있었는지 상도는 더 이상 자매를 귀찮게 하지 않았다.

'백도식, 이 자식. 날 총알받이로 세우는 건 아니겠지?'

벽에 똥칠할 때까지 길게, 그리고 오래오래 살고 싶은 상도에게 이번 팀 편성은 영 못마땅했다.

*   *   *

"정호 씨."

"예, 어르신."

"승희 엄마는 좀 어떤가?"

"아직 그렇습니다."

김정호는 안전한 이곳에서의 삶이 깨질까 봐 불안해하면서도 안도하고 있었다.

병원에 입원한 승희 엄마만 완쾌된다면 더 이상 바랄 것이 없는 김정호였다.

다만 한 가지 염려스러운 점은 후이님의 침공이다.

'여긴 최우선 방호 지역보다 더 안전해. 그러니까 별문제 없을 거야.'

"자네, 육군 병장으로 제대했지?"

"예."

"총을 주면 다룰 수 있겠는가?"

"가물거리긴 하지만 다룰 수는 있을 것 같습니다. 한데 왜?"

설마 총으로 후이님을 상대하라는 말일까? 차기수의 뜬금없는 질문에 김정호는 내심 당혹스러웠다.

후이님은 로켓 포탄을 머리에 직통으로 맞춰야 그나마 충격을 줄 수 있지, 그 외 개인화기는 무용지물이었다.

숨어 있어도 모자랄 상황에 놈을 향해 총질을 한다? 그랬다가는 놈에게 맞아 죽거나 불에 타 죽고 말 것이다.

"사람 일이란 게 모르지. 그래서 자네에게도 호신할 무기가 있어야 할 것 같아서 물어본 걸세. 혹시라도 그 총으로 후이님을 공격하겠다는 뭐 그런 생각은 말게. 나도 그 일을 자네에게 맡길 생각은 없으니."

그제야 김정호의 표정에 안도가 피어난다.

"그럼 총은 왜?"

"만약을 대비하는 걸세."

"음, 알겠습니다. 그렇다면 그 대비에 저도 따르겠습니다."

똑똑.

"할아버지, 아버지, 누나가 식사하러 내려오시래요."

정호의 아들 민호가 우렁차게 두 사람을 부른다.

"오냐, 내려가마."

편안한 마음으로 식사할 수 있는 마지막 날이 될지도 모른다는 생각에 차기수와 김정호의 얼굴 위로 숨길 수 없는 그늘이 드리워지고 있었다.

제37장

후이넘 3차 침공

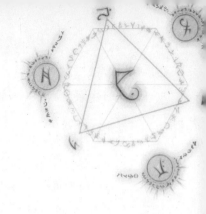

2월 3일.

드디어 그날이 되었다.

이날의 의미를 아는 자들은 긴 밤을 거의 뜬눈으로 지새웠다.

짹짹짹.

창가 앞마당에 옹기종기 모인 참새들이 아침에 활력을 불어넣는다.

드르륵.

현성은 창문을 활짝 열었다.

싸늘한 바람이 햇살을 머금고 그를 맞았다.

현성의 표정은 평소와 달리 굳어 있었다.

싸움을 앞둔 장수처럼 그가 흘리는 분위기는 비장해 보인다.

디지털시계는 오전 6시를 가리키고 있었다.

샤워실로 들어간 현성은 차가운 물에 몸을 씻었다.

정수리를 때리는 차가운 물줄기는 뜬눈으로 지새운 지난밤의 혼적을 씻어냈다.

오돌오돌하게 돋은 소름을 샤워 타월로 빡빡 밀고 그 위에 차가운 물줄기를 뿌렸다.

"하아."

수증기처럼 진한 입김이 그의 얼굴 전방에서 넓게 퍼지며 사라진다.

물기를 닦고 나선 현성은 새 속옷과 옷으로 갈아입었다.

몸과 마음을 정갈하게 가다듬은 그가 1층 거실로 내려왔다.

타닥타닥타닥.

경쾌한 도마질 소리가 주방에서 들린다.

구수한 청국장 냄새가 함께 그곳에서 흘러나오고 있었다.

지하와 민호는 아직 한밤중인 듯 아이들의 소리는 들려오지 않는다.

거실에는 차기수와 김정호가 앉아 있다.

"안녕히 주무셨습니까?"

"잘 잤나."

차기수는 평소와 다름없이 인사를 받아주었다.

그 옆에 있던 김정호가 부드럽게 웃으며 손을 흔들었다.

조금은 어색하고 딱딱한 모습이 김정호에게서 느껴졌다.

욕실에서 준희가 나온다.

"현성 씨, 좋은 아침."

"좋은 아침입니다."

주방에서 앞치마를 두른 선화가 나와 빙긋 웃으며 인사한다.

아연, 희연, 민연이 보이지 않아 거실을 둘러보던 현성은 마당에 서 있는 세 여자를 볼 수 있었다.

무슨 말을 하는 것인지 꽤나 심각한 표정들이었다.

"캡틴, 하이요."

경상도가 선화의 방에서 나오고 있었다.

조심스럽게 문을 닫은 뒤 녀석은 환하게 웃으며 인사한다.

간밤에 선화와 그가 함께 잔 것일까? 그렇다고 하기에는 상도와 사람들의 표정에서 어색함을 읽을 수 없었다.

"그래."

"우리 지하 자는 모습이 참 예뻐요."

제 딸도 아닌데 상도는 딸자식을 자랑하는 바보 아빠처럼 헤벌쭉 웃으며 말했다.

현성은 준희를 보았다.

그녀의 성격상 한마디 쏘아붙일 것이 분명했기 때문이다.

그런데 오늘은 별말 없이 주방으로 쏙 들어가더니 선화를 도와 아침을 준비했다.

"앉게."

차기수가 자리를 권하자 현성은 그곳에 앉았다.

상도도 냉큼 걸어와 현성의 옆에 앉는다.

네 남자가 거실에 앉아 있자 넓은 거실이 꽉 차는 느낌이다.

힐끔.

곁눈질로 현성은 마당을 보았다.

아연, 희연, 민연은 여전히 대화를 하고 있다.

"오늘이지?"

차기수가 말했다.

그 한마디에 분위기가 무거워졌다.

"예."

"저 아이들이 남은 우리가 걱정인지 30분째 저러고 있더군."

마당의 세 여자를 현성이 신경 쓰고 있음을 짐작한 듯 차기수가 말해주었다.

내심 그러리라 생각했지만 막상 그 이유에 대해 듣고 보니 자신이 무심했다는 생각이 들었다.

이 집 안엔 무려 다섯 명의 스킬러 나이트가 살고 있지만 막상 일이 닥치기 전까지는 모두 식구들과 떨어져 있어야 한다.

만에 하나 몬스터 게이트가 이 근방에 생성된다면 식구들은 저항도 못 한 채 비명횡사할 수 있었다.

선화, 준희, 정호, 민호, 승희, 지하, 기수… 두 명의 남자와 세 명의 여자, 그리고 어린아이 둘.

서로를 돌보고 지키기엔 무력한 존재들이다.

특히나 후이넘이란 강력한 괴수 앞에선.

"제가 미리 말씀드리지 못했군요."

모두가 현성을 바라보았다.

대체 무슨 말을 미리 못 했다는 건가 다들 궁금해하면서.

그들의 궁금증을 갖고 장난칠 현성이 아니다.

"팀장인 아연이와 희연이, 그리고 상도는 본부에서 대기해야 하지만 저와 민연 씨는 열외 전력입니다. 만일 일이 닥친다면 즉시 오겠습니다."

"캡틴, 정말입니까? 미리 말씀해 주시지."

상도가 반색한다.

어찌 그렇지 않겠는가. 선화와 지하의 목숨은 그 자신의 목숨보다 우선순위였다.

현성의 전투 능력은 전 세계 스킬러 나이트 모두를 통틀어서 최고다.

상도의 주관적인 생각이긴 했지만 현성에 대해 조금이라도 아는 자들은 수긍하지 않을 수가 없었다.

오죽하면 세계를 장악하다시피 한 조직조차 그와의 전면전을 기피했겠는가.

물론 유오찬이 방패막이가 되어주긴 했지만.

상도는 큰 시름 하나를 덜었다는 표정으로 환하게 웃었다.

"밖에 있는 사람들 불러올게요."

현성의 대답도 듣지 않고 몇 걸음만 옮겨 거실 창가에 다다른 상도가 마당에 선 세 여자를 불렀다.

그제야 그녀들은 거실에 모여 있는 사람들을 발견했다.

현성을 향해 민연이 햇살처럼 밝게 웃으며 손을 흔들었다.

사람들의 이목 따위 더 이상 신경 쓰지 않는 민연이었다.

세 여자가 들어와 앉자마자 상도가 조금 전 현성에게 들었던 이야기를 무용담처럼 풀어놓았다.

"…그러니까 걱정하지 않아도 됩니다."

주방에 있던 선화와 준희도 어느새 거실로 나와 자리를 잡았다.

침착한 눈길로 현성을 바라보던 차기수가 입을 열었다.

"자네의 통솔력에 흠이 가지 않겠나?"

공과 사를 냉정하게 구분 짓는 관록의 차기수다.

현성은 담담하게 말했다.

"그들도 알고 있습니다, 제가 무엇을 우선할지를."

유오찬이 자신의 오른팔인 김용수를 현성의 부관으로 붙인 이유가 처음으로 밝혀졌다.

그리고 차기수는 그제야 현성이 왜 국제 범죄 조직을 선택했는지 그 이유를 알 수 있을 것 같았다.

'여기 있는 우리를 지키기 위해서였던가.'

*　　*　　*

정오가 넘어서자 각국의 스킬러 나이트 본부는 긴장감에 휩싸였다.

세계 각국은 통신과 영상을 실시간으로 주고받을 수 있는
위성통신망을 비밀리에 구축했다.

그 회선은 스킬러 나이트의 총본산인 로마에 1차 전송된 후,
2차로 각국의 스킬러 나이트 본부에 전송되도록 되어 있었다.

화랑단 내 상황실.

유오찬은 상황실이 한눈에 내려다보이는 단장석에 앉아 있
었다.

그의 옆에는 오래전부터 그를 따라다녔던 동료이자 수하인
박현숙이 있다.

상황실의 크기는 특본의 상황실보다 족히 다섯 배는 더 컸
으며 장비 역시 몇 배는 더 많았다.

"특본 본부와 연락망은?"

전방의 대형 모니터를 주시하며 유오찬이 입을 열었다.

박현숙이 그를 돌아보며 말한다.

"문제없어요. 그런데 그 인원으로 괜찮겠어요?"

특구엔 유오찬과 박현숙의 가족 역시 살고 있다.

유오찬이 그런 곳의 지휘권을 현성에게 넘겨주었다는 것은
어찌 보면 신뢰의 표방과 다름없었다.

"그가 있잖아."

"그의 능력을 너무 맹신하는 거 아니에요? 특구에 문제가
발생하면 그의 행동은 뻔한데. 오빠는 걱정되지 않아요?"

유오찬이 피식 웃으며 대답한다.

"화랑단의 예비 병력을 투입하면 돼."

"문제는 한얼 놈들이에요. 놈들은 특구를 침략자들의 근거지로 여기고 있잖아요."

"그래서 그곳에 그들의 수장인 차기수 전 국장을 보냈잖아."

유오찬 역시 특구의 안전을 위해 계산을 세워두었다.

다 말할 수는 없었지만 걱정하는 현숙을 위해 그중 하나를 밝힌 것이다.

"휴우, 알아서 하시겠지만. 어쨌든 저처럼 특구를 걱정하는 사람들이 많다는 점은 알아두세요."

"그래."

둘의 대화는 더 이상 이어지지 않았다.

그리고 이들을 은밀히 감시하는 두 쌍의 눈길.

박상철과 이인경이었다.

＊　　　＊　　　＊

"현성 씨, 점심 가져왔어."

민연이 현성의 사무실로 음식을 갖고 왔다.

음식은 2인분이다.

"아연이와 희연인?"

"팀원들과 함께 먹겠대."

"그렇군."

책상 의자에서 일어선 현성이 소파로 걸어가 앉았다.

"현성 씨, 두 사람 걱정되지?"

"잘해낼 거야."

"정말 그렇게 생각해? 그녀들은 아직 어린 소녀들인데."

"강한 녀석들이다."

"대단한 믿음이네. 하지만 뭐, 괜찮아. 현성 씨 옆에 있는 건 나니까. 이거 먹어봐."

"내가 먹을 수 있어."

"그래도 아~ 해."

민연의 명령조에 현성은 어쩔 수 없이 입을 벌렸다.

현성의 젓가락은 식사를 마치기 전까지 단 한 번도 움직이지 않았다.

민연이 알아서 챙겨주었기 때문이다.

                    *   *   *

도쿄 타워.

정식 명칭은 일본 전파 탑이며 높이가 무려 333미터로 프랑스의 에펠탑보다 9미터가 더 높다.

전 세계를 강타한 강진으로 부분 손상도 심했었지만 지금은 예전의 모습으로 복구가 완료된 상태였다.

도쿄 타워 대전망대.

일반인의 출입이 완전히 통제된 이곳은 얼마 전부터 스킬러 나이트들이 상주하고 있었다.

나나세 에리카, 하세가와 순죠의 모습도 이곳에서 볼 수 있었다.

"팽팽한 긴장감이 마치 눈에 보이는 것 같아."

상황실을 둘러보던 순죠가 피식 웃으며 말한다.

현성을 포섭하는 일에 실패한 순죠와 에리카는 직위 강등과 함께 도쿄 타워 지부로 좌천당했다.

이들을 포함해 이곳에 배치된 스킬러 나이트들의 임무는 도쿄 타워를 사수하는 일이었다.

"감상적이네, 순죠."

"에리카, 넌 아무렇지도 않아? 조직 전체가 이번 일로 바짝 긴장한 상태인데. 뭐, 다른 나라 녀석들도 마찬가지이려나."

"순죠, 넌 긴장돼?"

"안 된다면 거짓말이겠지."

"그렇구나."

에리카 역시 긴장되기는 마찬가지였다.

그저 자존심 때문에 억지로 이를 누르고 있었을 뿐이다.

강등과 좌천의 불명예로 한 번 꺾인 자존심을 두 번 꺾이고 싶지 않아서다.

이를 짐작하고 있었기에 순죠는 그녀를 위해 행동과 말에 과장을 섞었다.

이는 에리카도 느끼고 있었다.

문득 순죠는 그 녀석—선우현성—을 떠올렸다.

과장을 섞어 표현하긴 했지만 순죠 또한 초조하긴 매한가지였기 때문이다.

'인류가 멸망해도 그놈만은 악착같이 무병장수할 것 같단 말이야.'

신들린 듯한 현성의 전투 능력은 아직도 순죠의 기억에 생생하게 남아 있었다.

가끔 가위눌릴 때면 꼭 그를 만나 속절없이 당하는 악몽을 꾸었다.

꿈속에서의 자신은 너무 나약하고, 또 비참하기까지 했다.

순죠와 에리카는 R구역에서의 일을 두 사람만의 비밀에 부쳤다.

R구역을 임의로 이용한 사실이 밝혀졌다간 강등과 좌천으로 끝나지 않는다는 걸 알고 있었기 때문이다.

"이상 에너지 반응 포착!"

"도, 도쿄 타워 상공입니다!"

"맙소사!"

당황한 상황실 일반 요원들이 파랗게 질린 얼굴로 고래고래 소리쳤다.

어떤 이는 창가로 달려가 상공을 살피기도 했다.

광풍 같은 소란에 에리카와 순죠의 표정이 돌처럼 굳어졌다.

사람들의 혼란한 목소리가 잦아들기도 전에 도쿄 타워가 벼락을 맞은 듯 크게 진저리를 쳤다.

정적이 흐른다.

그것은 짧고 굵은 정적이었다.

드드드드드드—!

"꺄아아악!"

"으아아아악!"

멀리서 본 도쿄 타워에 정수리에서부터 발끝까지 선명한 일직선이 그어졌다.

내부의 상황은 '신기하네!' 따위의 감상과는 아주 먼 혼란과 공포란 이름의 비명과 악다구니만 가득했다.

도쿄 타워는 마치 면도날이 스쳐 간 두부 같았다.

타워를 구성하는 건축 재료를 생각할 때 이는 있을 수 없는 일이지만 분명한 현실이었다.

그리고 이 놀라운 괴사는 무자비한 파괴와 죽음을 동반하고 있었다.

도쿄 타워를 수직으로 가른 신비의 황금색 에너지 실선이 내부에서 팽창했다.

도쿄 타워는 그 힘에 밀려 굉음과 함께 철골이 휘어지고 끊어지며 서서히 좌우로 갈라져 갔다.

우우우우우, 끼이이이이익!

분리되어 바깥쪽으로 기운 도쿄 타워.

그 안에 있던 사람들은 미끄럼틀을 타고 내려가듯 바깥쪽으로 주르르 미끄러졌다.

"안 돼!"

"살, 살려줘."

"죽기 싫어. 죽기 싫어!"

괴현상에 직격당한 도쿄 타워 내 사람들은 살기 위해서 책상을 붙잡고, 캐비닛을 붙잡고, 전선과 전화선도 모자라 어떤 이는 쓰레기통까지 부여잡았다.

재앙에 대처하는 사람들의 모습은 각양각색이었지만 결과는 하나였다.

미끄럼틀을 탄 아이가 지면으로 미끄러지듯 이들의 몸은 바깥쪽으로 미끄러지고 있었다.

철골이 휘어지면서 강화유리를 붙잡고 있던 창틀이 파삭 소리를 내며 부서졌다.

최후의 안전망이 사라지자 사람들은 뻥 뚫린 그곳을 통해 바깥쪽으로 쏟아졌다.

"으아아아아아아아!"

"아아아아악!"

"엄마아~!"

순죠는 에리카의 이름을 소리쳐 부르며 경사를 내달렸다.

바람의 스킬러인 그의 몸은 바람에 의해 움직이고 있었다.

집기와 사람들이 순죠의 앞길을 막았고, 그를 붙잡으려 했다.

우연히 그는 누군가에게 붙잡혔다.

매일 커피를 가져다주던 사무실 여직원이었다.

눈물과 공포에 젖은 그 눈은 간절하게 그에게 애원하고 있었다.

살려달라고. 살고 싶다며.

하지만 순죠는 그녀의 바람을 들어줄 수 없었다.

반대편에서 정신을 잃은 에리카의 육신이 빠른 속도로 미끄러지고 있었기 때문이다.

이곳에서 발목이 잡혔다간 영영 에리카를 잃을 수 있었다.

'미안하다. 죽어서도 날 용서하지 마라.'

광검을 생성한 순죠는 여직원의 생명을 끊어버렸다.

어차피 살아날 수 없다면 이편이 그녀가 감당해야 할 공포의 시간을 줄여줄 수 있는 길이었다.

마음에 묵직한 돌덩이를 하나 얹은 순죠는 에리카를 향해 힘껏 내달렸다.

좌우로 무너지는 내부가 각을 세운다.

그 각을 단숨에 뛰어넘은 순죠는 에리카를 발견했다.

그는 죽을힘을 다해 에리카를 향해 뛰어갔고, 공중에서 그녀를 낚아챌 수 있었다.

낙하하던 철제 캐비닛을 박찬 순죠가 에리카를 부여안고 날아올랐다.

"에리카, 에리카! 정신 차려!"

순죠의 스킬러 능력은 지속에 해당한다. 1분.

그의 시간은 에리카를 붙잡고 파편을 피해 허공으로 몸을 날린 순간 이미 다했다.

에리카가 정신을 차리지 못한다면 둘 다 추락사를 피할 수 없는 상황이었다.

다행히 에리카는 정신을 차렸다.

그리고 그 순간 스킬러인 그녀의 능력이 발현됐다.

에리카의 능력은 공간 이동!

도쿄 타워를 반으로 가르며 나타난 의문의 실선. 그것은 몬스터 게이트였다.

이전과는 확실한 차이를 보이는 형태였다.

일본 도쿄 타워가 무너진 그 시각, 세계 곳곳에서도 이와 유사한 현상이 동시다발적으로 발생했다.

후이넘 3차 침공이 시작된 것이다.

*   *   *

한반도 남쪽, 대한민국은 조용했다.

하지만 그 위쪽의 북한은 기대한 몬스터 게이트의 생성으로 극심한 공포와 혼란에 휩쓸리고 있었다.

북한에 생성된 몬스터 게이트는 그들의 심장부인 평양 주석궁을 반으로 쩍 가르며 등장했다.

폐쇄적인 국가라 이곳의 사정은 외부에 전혀 알려지지 않았다.

아무튼 이번 게이트는 1, 2차 때와는 비교도 할 수 없는 엄청난 규모의 그 크기만큼이나 통로에서 튀어나오는 후이넘의 숫자 역시 대단히 많았다.

적게는 수십에서 많게는 수백이 한꺼번에 튀어나왔다. 아니, 쏟아졌다.

크와아아아앙!

우와아아아아아!

대한민국 최우선 방호 지역 내, 특본 상황실.

세계 도처에서 발생 중인 사건은 이곳 상황실에 설치된 모니터를 통해 확인할 수 있었다.

상황실에 모여 있던 스킬러 나이트들과 일반 대원들의 눈길은 모니터에서 잠시도 떨어질 줄 몰랐다.

그리고 이들의 표정은 약속이라도 한 듯 딱딱한 돌처럼 굳어 있었다.

"수, 수십 마리가 동시에 튀어나오고 있어!"

"저곳은 수백이야!"

"오! 신이시여."

현성의 눈매는 점점 가늘어지고 있었다.

예측된 상황이었지만 침공 규모는 앞서 1, 2차 침공 따위와는 비교도 안 될 만큼 압도적이었다.

저 엄청난 군대를 맞아 과연 인류가 견뎌낼 수 있을까? 모니터를 보노라면 마치 집채만 한 바위를 수수깡 하나로 들어 올려야 할 상황에 직면한 것만 같았다.

몬스터 게이트 입구에서는 쏟아져 나오는 후이넘과 그들을 저지하는 각국 스킬러 나이트들의 치열한 각축전이 펼쳐졌다.

전장의 크기는 점점 넓어졌다.

쏟아져 나오는 괴물의 숫자가 많다 보니 서로 부대끼며 밖으로 떠밀려 나오는 상황이었다.

민연의 떨림이 현성의 감각에 잡힌다.

그녀를 돌아본 현성은 그 손을 꼭 잡아주었다.

"저… 저런 식이면 어떻게 놈들을 막아!"

민연의 감상평이 모두의 마음을 대변하고 있었다.

아직 스킬러 나이트의 저지선을 뚫은 후이넘은 없었다.

후이넘의 천적이라 불리는 스킬러 나이트답다.

문제는 양쪽의 신체 조건에서 비롯된 체력의 격차다.

장기전이라면 후이넘이 우세하다.

저 거대 몬스터 게이트가 닫혀야 할 텐데. 앞선 경우처럼 그래야만 인류가 희망을 품을 수 있을 터였다.

하지만 거대한 몬스터 게이트는 진화가 어려운 산불처럼 쉽게 사그라들지 않았다.

붙박이 통로가 아닐까 싶을 만큼.

"사, 삼십 분쨉니다!"

한 대원이 시간을 재고 있었는지 소리쳤다.

"삼십 분이라니… 정말이잖아."

"뭐야? 저거 안 닫히는 거야!"

동요가 파도처럼 상황실을 이리저리 내달린다.

삐삐.

"본, 본부장님, 화랑단에서 들어온 통신입니다."

"연결해."

수화기를 든 현성은 유오찬의 음성을 들을 수 있었다.

─영상은 보고 있나?

그의 목소리는 평소와 달리 까끌까끌하고 퍼석했다.

입안에서 모래를 굴리는듯하다.

아마 이 목소리가 그의 심정을 그대로 대변하고 있는 것이 아닐까.

현성은 자신의 목소리도 그와 같지 않을까 내심 생각하며 낮게 헛기침을 토했다.

특본 상황실로 전송된 영상은 비단 정부 기관이나 그와 맞먹는 힘을 가진 집단만의 공유물이 아니었다.

각 가정에서, 혹은 공공장소에 비치된 TV를 통해서 모두가 시청할 수 있었다.

저 영상을 본 사람들의 충격은 모르긴 해도 결코 작지 않을 것이다.

어떤 이는 너무 놀라 실신하지 않았을까. 혹은 절망에 빠져 극단적인 일을 생각하지 않을까.

지금의 현성은 그 자신도 인지하지 못한 가운데 평소와 다른 모습을 보여주고 있었다.

분명한 목적의식과 이를 위해 평소 잘 벼렸던 칼날 같은 냉정함이 지금은 쓸데없는 잡념에 흐려지고 무뎌졌다.

"보고 있다."

담담한 이 한마디를 위해 평소보다 수십 배나 공을 들인 현성이다.

조금씩 현성은 본래의 자신으로 돌아간다.

—불길한 예측은 늘 최악의 상황을 토해낸다는 생각이 문득 들더군.

유오찬은 감상적인 인간이 아니다.

그러한 감상이 있었다면 그가 지난날 행했던 모든 일은 애초에 불가능했을 것이다.

현성은 그의 감상에 동조하고 싶은 생각이 없었다.

잡념을 털어내는 개인적인 일로도 그는 바빴다.

유오찬의 목소리가 섭섭함을 담고 이어진다.

—다른 나라들에 비해 우리는 축복받았지 뭔가. 일본은 몬스터 게이트가 두 개나 떴다더군. 욕심이 많던 자들에겐 적당한 선물이라는 생각이 들더군.

몬스터 게이트는 사전에 계획이라도 한 듯 나라당 하나씩 등장했다.

물론 대한민국처럼 몬스터 게이트가 생성되지 않은 곳도 있다.

대만과 싱가포르다.

그 외 더 있는지는 조사해 보면 밝혀질 것이다.

하지만 시간을 투자해서 그 일을 직접 조사할 생각은 현성에게 없었다.

"몬스터 게이트가 꽤나 오래가는군. 저것도 예측된 것인가?"

—전혀. 적어도 나는 그래.

"그렇군. 왜 전화한 거지? 대한민국을 대표하는 스킬러 나이트 지휘 본부라 이곳보단 바쁠 텐데."

—스파이라도 있나? 잘 아는군.

그냥 해본 소리에 유오찬은 곤혹감과 짜증이 묻어나는 목소리로 대답했다.

짧은 시간에 이처럼 많은 감정을 표출하는 것으로 보아 유오찬의 상태도 정상은 아니겠구나 하는 생각이 문득 들었다.

스파이 부분은 유오찬의 가벼운 농담 같았다.

"바쁘면 각자 볼일 보지."

—매몰차긴. 잠깐 끊지 말고 기다려. 할 말이 있으니까. 평양에도 게이트가 열렸다.

바다 건너 일본에 게이트가 두 개가 열렸든 세 개가 열렸든 당사자들이 알아서 감당할 몫이다.

아직 후이넘이 바다를 건너다닌다는 정보는 그 어디에도 없으니까.

하지만 평양은 서서히 다가올 수 있는 불이었다.

그 불이 저 북쪽 중국으로 퍼져 나간다면야 당분간 사태의 추이를 살펴볼 여유를 가질 수 있겠지만 혹시라도 남쪽으로 내려온다면 한바탕 전투가 불가피하다.

평양에 몬스터 게이트가 열렸다는 정보를 접한 한국은 육군과 공군을 휴전선으로 대거 투입한 상태다.

'남침을 우려하는 건가?'

제2의 육이오가 인간이 아닌 괴물에 의해 벌어질 수 있다니. 이보다 아이러니한 일이 또 있을까.

현성은 청자의 입장을 견지했다.

─휴전선에 스킬러 나이트의 배치가 필요하지 싶어.

"화랑단의 수장은 너지, 내가 아닌데 왜 그 말을 하는 거지?"

─걱정 마라. 너에게 휴전선으로 가라는 말은 안 할 테니까. 다만 너와 친분이 있는 자들을 그쪽으로 보낼 생각이다.

현성의 짙은 눈썹이 날카롭게 세워진다.

녀석이 자매나 차민연을 거론한다면 당장 달려가서 모가지를 따버릴 생각이다.

계약을 어긴 대가로 경상도는 내줄 용의가 있었다.

현성이 양보할 수 있는 선은 딱 경상도까지다.

"계약을 파기하면… 약속대로 네 목숨은 내 것이다."

섬뜩한 말을 현성은 아무렇지도 않게 담담하게 내놓았다.

─하아, 그 목소리로 그런 말을 하니까 내 목숨이 내 것이 아닌 것처럼 느껴지는군.

오찬은 발끈하지 않고 그저 우스갯소리로 넘겼다.

이런 그를 대신하여 김용수 부장이 눈에 살의를 띠었다.

매서운 김용수의 시선을 마주 쏘아보는 현성이다.

무심하고 차가운, 얼음장 같은 그 눈빛에 김용수 부장은 시선을 피했다.

─네가 염려하는 사태는 없을 거야. 솔직히 후이넘보단 네

녀석이 더 겁나니까.

농담처럼 가볍게 툭 던졌지만 이는 유오찬의 진심이었다.

사실 현성이 작정하고 누군가의 목숨을 노린다면 그 대상은 절대 두 발 뻗고 잘 수 없을 것이다.

유오찬은 이를 인정하고 있었다.

그에게 현성이란 인간은 격이 다른 불가사의한 존재였다.

이러한 두려움과 경계심이 없었다면 유오찬은 현성과 거래하는 대신 그를 죽이는 데 더 골몰했을 것이다.

—한얼. 그들을 보낼 생각이다. 그들 속에 너와 친분이 있는 자들이 몇몇 있더군. 그들을 뺄까 생각했지만 그들이 한얼의 주축이라 뺐다간 말썽이 생길 것 같아서 말이야.

이는 유오찬의 세심하고 친절한 배려가 아닐 수 없다.

"난 상관하지 않겠다."

현성은 딱 잘라 승낙했다.

—하아, 이거 내가 상관인지 네가 내 상관인지 가끔은 헷갈린다니까. 어쨌든 쿨 한 대답 고맙다. 특본 잘 부탁한다.

현성과 유오찬은 꽤 오랫동안 통화했다.

다시 모니터로 눈길을 돌린 현성은 여전히 강성한 몬스터 게이트를 뚫어져라 응시했다.

'저 너머엔… 과연 그놈이 있을까?'

케찰코아틀루스, 종말을 뿌리는 왕.

적장을 베면 전투에서 승리할 수 있고 왕을 베면 전쟁에서 승리할 수 있다.

예언서의 마지막 장에 언급된 것이 사실이라면 케찰코아틀 루스와의 승부가 이 모든 재앙의 종지부가 되지 않을까. 내심 생각해 보는 현성이다.

하지만 누가 저 미지의 통로를 향해 몸을 던질 수 있을까.

비공식 지구 최강의 스킬러 나이트 현성이라면 승산이 있지 않을까? 하지만 당사자는 그럴 마음이 눈곱만큼도 없었다.

"제, 제길! 캐나다의 저지선이 뚫렸어!"

정적이 흐르던 상황실을 누군가 흔들어 깨운다.

캐나다의 상황을 비추고 있던 모니터 앞의 대원이었다.

사람들의 시선이 일제히 이 대원이 바라보고 있는 모니터로 향했다.

현성도 예외가 아니었다.

제38장

무너진 북한

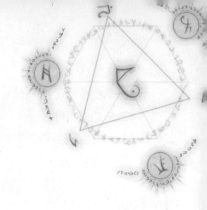

몬스터 게이트 발생 후 24시간 39분.

미국을 시작으로 각국은 자국의 무인정찰기를 몬스터 게이트로 발진시켰다.

게이트 너머의 세계에 대한 정보를 얻기 위함이었다.

하지만 단 한 대의 무인기도 그곳의 정보를 전송해 주지 못했다.

사람들은 무인기의 회항을 기다릴 수밖에 없었다.

그나마도 기대감은 높지 않았다.

캐나다 스킬러 나이트의 저지선을 뚫은 후이넘은 파괴와 살육을 일삼았다.

캐나다의 지상군과 공군이 저지에 나섰다.

포탄과 총성과 미사일이 밤새 날아다니며 그 주변을 쑥대밭으로 만들었다.

놀라운 파괴력을 자랑하는 인류의 무기도 후이넘에게는 신통치 않았다.

스킬러 나이트 한 명이 후이넘을 해치우는 속도보다 더뎠다.

이에 캐나다 정부는 로마에 지원을 요청했고, 교황은 여유 전력을 빼내어 캐나다를 지원했다.

앞서 체결한 협약에 의한 것이다.

삐삐삐.

특구 자치대 본부.

현성은 본부 내 수면실에서 눈을 붙이고 있었다.

몬스터 게이트가 사라지지 않는 한 당분간 퇴근은 먼 이야기다.

일반 대원을 제외한 스킬러 나이트 전원이 본부에서 숙식을 해결하고 있었다.

잠자리와 식사는 불편하지 않았다.

호출 신호에 현성은 눈을 떴다.

상황실에서 보낸 호출이다.

화장실에 들어가 대충 씻은 현성은 2층 상황실로 향했다.

"오빠."

익숙한 목소리에 현성이 반사적으로 몸을 돌렸다.

아연이 저쪽에서 걸어오고 있었다.

"잠은 좀 잤니?"

"예, 오빠요?"

"좀 잤다. 희연인?"

"상도 아저씨랑 식당에 내려갔어요."

저녁을 먹기엔 아직 이른 시간이었다.

두 사람은 어깨를 나란히 하고 걸었다.

"상황실 가시는 길이에요?"

"응."

현성과 민연이 공식 커플이 되면서 두 사람 사이에는 약간의 거리감이 생겼다.

아연이 뒤로 물러나면서 생긴 거리감이었다.

그래서 두 사람 사이에는 미묘한 어색함이 흘렀다.

갈림길에 선 두 사람이 서로 잠시 바라본다.

"전 운동 좀 하다 갈게요."

"그래."

"있다 봐요."

"응."

아연의 뒷모습을 잠시 응시하던 현성이 몸을 돌렸다.

"현성 씨!"

멀리서 민연이 빠른 걸음으로 다가온다.

그녀의 손에는 빨대가 꽂힌 테이크 아웃 컵 두 개가 들려 있었다.

그중 하나를 그녀가 현성에게 건넸다.

"코코아예요."

"고마워. 좀 잤어?"

짧은 시간 동안 현성은 두 명의 여자에게 같은 대사를 던졌다.

앞서 아연은 어색한 듯 대답했지만 지금은…

민연이 현성의 팔짱을 끼며 빨대를 문다.

"세 시간쯤 잤나 봐."

저만치 상황실 문이 보인다.

그 앞에 두 명의 경비대원이 서 있었다.

둘을 발견한 경비대원이 경례를 붙여왔다.

민연은 그들의 시선에 아랑곳하지 않고 팔짱을 유지했다.

현성 역시 사람들의 눈을 의식하지 않았다.

그들의 경례를 받으며 상황실로 들어선 현성과 민연은 팽팽한 긴장감이 느껴짐과 동시에 진한 커피 향을 맡을 수 있었다.

대원들의 인사를 받으며 현성은 자신의 자리에 앉았다.

김용수 부장이 굳은 표정으로 그를 향해 걸어왔다.

"본부장님, 평양이 점령당했다고 합니다."

"음, 상황은?"

캐나다에 이어 두 번째인가? 아니면, 더 뒤인가? 세 시간의 공백이 크게 느껴진다.

아니, 이 순간 그건 중요한 문제가 아니었다.

평양이 그리되었다면 북한의 스킬러 나이트들이 후이넘에

게 패했다는 의미였다.

과연 후이넘은 중국으로 갈 것인가? 아니면 남한으로 내려올 것인가?

"북한의 스킬러 나이트들이 평양을 포기했다고 합니다. 그리고 그들 중 일부인지, 아니면 전체의 뜻인지는 모르겠지만 그들이 남한에 망명 신청을 해왔습니다."

양날의 검이다.

그들을 받아들인다면 양국의 사이는 걷잡을 수 없이 악화될 것이다.

반대의 경우엔 그들이 중국이나 일본으로 빠져나갈 수도 있었다.

한 명의 스킬러 나이트가 아쉬운 마당에 수십일지, 아니면 수백일지 모를 전력을 고스란히 놓치는 것은 국가적, 아니, 민족적인 손실이었다.

"화랑단은 이 문제로 긴박하게 돌아가겠군요."

"예."

"이 얘길 하는 이유가 따로 있는 겁니까?"

저들이 본 현성은 만만한 인물이 아니었다.

그가 추구하는 바가 일반적인 이들과는 달랐기에 함께해도 문제가 없지만 혹시라도 그가 다른 마음을 품게 된다면 그보다 위험한 인물도 없었다.

유오찬은 이를 늘 의심하고 있었다.

그래서 그가 믿을 수 있는 인물인 김용수를 현성의 주변에 배치한 것이다.

"그 얘긴 제가 할 수 없는 부분입니다. 조금 있으면 단장님께서 연락하실 겁니다."

민연의 표정이 무거워진다.

단순하게 생각하면 북한의 스킬러 나이트들의 귀순은 반가운 일이다.

그들을 흡수한 만큼 이쪽의 전력이 강력해지기 때문이다.

하지만 더 깊이 생각하면 북한 지도부의 반발을 불러올 수 있는 사안이기도 했다.

자포자기의 심정으로 북한이 공멸을 선택할지도 모르기에.

현성과 민연은 상황실에 들어섰을 때 느꼈던 팽팽한 긴장감의 이유를 그제야 이해할 수 있었다.

*　　　*　　　*

대한민국에 적을 둔 모든 스킬러 나이트와 스킬러들은 화랑단에 소속돼 있다.

화랑단의 창설 목적은 국가와 국민을 이계의 존재로부터 지켜내는 것이었으며 그것이 곧 원칙이었다.

이 원칙은 엿가락과 같아서 필요에 따라 언제든 쭉쭉 늘일 수도, 혹은 이런저런 모양으로 빚어낼 수도 있다는 단점을 안고 있었다.

권력의 집중과 편향성은 늘 독재를 낳는다.

이를 견제하고 방지하기 위해 36명의 국회의원으로 구성된 협의 기구가 화랑단 내에 설립됐다.

정현수 총재는 이 기구의 의장을 맡고 있었다.

화랑단 본부 대회의실.

긴장감이 대회의장을 짓누른다.

대한민국 사회는 뻔뻔하면 뻔뻔할수록, 목소리가 크면 클수록 대접받는 이상한 현상이 있다.

이는 아마 국회에서 비롯되지 않았을까 싶다.

회의 주제는 북한 스킬러 나이트들의 집단 망명 요청에 관한 것이었다.

"북한 스킬러 나이트의 망명을 받아들인다면 북한 군부를 자극할 수 있습니다. 이 일은 우리가 결정하기엔 매우 위험합니다. 우리의 우방국인 미국과 일본과 상의해서 결정해야 합니다."

협의 기구 소속의 한 국회의원이 목에 핏대를 세우며 사대주의를 부르짖었다.

"이 의원, 지금이 어느 땐데 그딴 소리요?"

"뭐요? 그딴 소리! 최 의원, 말 좀 삼갑시다!"

여당과 야당 소속 국회의원들이 한자리에 모여 있다.

비율로 말하면 여 7, 야 3이다.

이 의원이란 자는 회의에서 의장을 맡고 있는 정현수 총재 측의 사람이었다.

"이봐요, 이 의원. 언제까지 미국 일본만 찾을 겁니까? 이 의원은 TV 안 봅니까? 라디오 안 듣습니까? 보고서는 안 봅니까? 그들의 코가 석 잡니다. 석 자라고요!"

"뭐요? 내가 그걸 몰라서 그럽니까! 그만큼 이 사태가 불러올 파장이 크기 때문에 그런 거 아닙니까. 이런 상황일수록 국제적인 에… 그 뭐시냐… 에……."

"합의입니다."

답답한 마음에 옆의 동료 의원이 귀띔해 주자 이 의원이 의기양양하게 말했다.

"아, 맞다. 합의. 국제 사회의 합의가 필요하오. 알겠소? 최의원."

유오찬은 회의와 상관없는 인신공격성 발언들이 난무하자 의장 정현수에게 요청하여 장내를 진정시켰다.

"의장님, 발언권을 신청하겠습니다."

유오찬이 자리에서 일어나며 점잖게 말했다.

정현수의 허락 따위 안중에도 없다는 태도였다.

"화랑단 단장 유오찬입니다. 제가 한마디 하겠습니다."

국가와 국민을 이계의 존재로부터 지키기 위해 창설된 화랑단. 그런 곳에서 북한 스킬러 나이트의 망명에 대해 다루는 것에는 사실 애매모호한 구석이 있었다.

하지만 유오찬은 이 일을 화랑단이 관여해야 할 일로 밀어붙였다.

그가 작정하고 밀어붙여서 안 될 일은… 대한민국에 존재하지 않는다.

기세등등하게 입씨름하던 여야 의원들 모두 유오찬의 눈치를 살피며 점잔을 뺐다.

그의 눈 밖에 났다가는 뒷감당이 어려우니 알아서 슬슬 기는 수밖에 없었다.

씩.

"이 문제는 우리의 일입니다. 우리 민족의 일이지요."

유오찬의 목소리가 높아진다. 그의 눈빛 또한 매서워졌다.

앞서 전 세계적으로 시행된 거주지 차별 정책은 대한민국도 예외가 아니었다.

당시 유오찬은 정현수 총재를 움직여서 난민과 혼혈아 및 국적을 취득한 외국인들을 가려내어 일반 지역으로 몽땅 몰아넣었다.

그다음은 노동력이 미미한 노인과 장애인과 일반인 순서였다.

모든 부분에서 열악한 환경에 처한 그들은 상위 지역—순수한 혈통의 자국민— 시민들을 위해 노동력을 착취당하며 서서히 노예 계급으로 전락 중이었다.

이 일을 해낸 인물이 바로 유오찬이었다.

또한 토종 한국인 중에서도 사대주의에 찌들거나 혹은 친일, 친미주의자들을 조사하여 살생부를 만들어두었다.

이런 그에게 여기 앉아 있는 국회의원 전원은 소각 대상에 불과했다.

"하면 어쩌자는 겁니까? 단장."

"단장의 생각을 한번 들어봅시다. 그게 타당할 것 같소."

"맞아요. 맞아."

여당 의원들이 앞다투어 유오찬에게 힘을 실었다.

이 회의는 요식행위였다.

유오찬이 결정을 내리면 그걸로 끝인 회의였다.

그럼에도 이런 회의를 가지는 이유는 대외적인 시선 때문이었다.

"기본적으로 북한 스킬러 나이트의 흡수에 저는 동의합니다. 몬스터 게이트가 현재는 우리를 비켜 갔지만 언젠가는 우리도 예외일 수 없습니다. 또한 북한과 우리는 내륙으로 연결되어 있습니다. 저들이 지원을 요청하지 않는 이상 우리가 제 발로 찾아가서 돕는 것은 사실 무리겠죠. 그 점은 저도 인지하고 있습니다. 하지만 저들이 제 발로 걸어온다면 향후 후이넘의 남침에 보다 단단해진 전력으로 막을 수 있습니다."

오찬의 뜻이 그렇다는 데 누가 그를 막겠는가?

정현수 총재가 유오찬을 쫓아 회의장을 급히 나섰다.

"이보게, 유 단장."

"무슨 일이십니까?"

"내 노파심에서 하는 말이니 고깝게는 듣지 말고 참고만 해 주게."

"말씀하십시오."

"그리 말해주니 고맙네. 단장, 빨갱이들은 근본부터 믿을 수 없는 종잘세. 그런 놈들을 받아들였다간 우리까지 위험에 직면할 수 있네. 거기다 북한군이 이 일로 전쟁이라도 일으키면 어찌 되겠나? 그리고 피난민들이 내려오면 그것도 부담이 안되겠나? 자고로 큰 둑도 작은 구멍 하나에 무너지는 법일세."

정현수 총재를 향한 유오찬의 눈빛이 점점 차가워졌다.

말은 저리 번지르르 하지만 실상 저 늙은이의 마음속엔 자신과 혈족의 영화와 안위에 이 일이 누가 되지 않을까 하는 그 걱정뿐일 것이다.

"저들의 저의와 요구 조건을 확인한 뒤 결정······."

주변에 사람이 없다. 이를 확인한 유오찬의 말투가 바뀌었다.

"···하겠소."

"아, 그러게. 역시 유 단장의 신중함은 높이 평가할 만하군."

"아랫사람들의 입단속이나 잘 시키시오, 정현수 총재."

"그, 그리함세."

"의원들 데리고 가서 골프나 치시오."

조소를 남기며 유오찬이 멀어진다.

정현수 총재는 수치심에 얼굴이 뜨겁게 달아올랐다.

'테러범 새끼, 언젠가는 네놈을 갈아 마시고야 말겠다. 언젠가는!'

화랑단의 수장이자 자신의 비리를 틀어쥐고 있는 유오찬이 지금의 권력을 이용하여 자신을 치고자 하면 막아내기 힘들다.

군경과 중립 노선의 스킬러 나이트들을 이용한다면 못 할 것도 없지만 정현수 입장에선 득보다 실이 컸다.

정치적 타격 혹은 경제적 타격 문제라면 자존심 때문에라도 칼을 뽑았겠지만 그 선에서 일이 끝나지 않음을 알기에 화가 치밀어도 이처럼 후일을 기약해야 했다.

'일본과 손잡을 걸 그랬나?

지금 와서 생각하면 왜 그들의 손을 잡지 않았을까? 왜 그들과의 연줄을 유지하지 않았을까? 후회가 파도처럼 밀려드는 정현수다.

하지만 한편으로 일본의 사정—두 개의 몬스터 게이트—을 생각하면 그들과 손잡지 않은 것이 다행이지 싶기도 했다.

정현수의 사위 노기찬이 정 총재를 향해 다가왔다.

"아버님."

"무슨 일인가?"

"드릴 말씀이 있습니다."

"말해보게."

"자리를 옮기시죠."

사위의 심각한 표정에 정현수는 그를 따라 자리를 옮겼다.

"무슨 일인가?"

"다름이 아니라… 이 일이 저희에게 날개가 될 수도 있지 않겠습니까?"

"그들의 망명을 승낙하잔 말인가?"

"아, 아닙니다. 저 역시 그놈들은 믿을 수 없습니다."

"하면?"

자신을 뚫어져라 쳐다보는 장인의 시선을 노기찬은 정면으로 보지 않는다.

장인이 이를 극도로 싫어하기 때문이었다.

정현수는 늘 자신이 주인이기를 원했고, 그 자신 외에는 모두 사냥개이기를 바랐다.

이러한 정현수의 태도는 사위에게도 예외는 아니었다.

사위도 피 한 방울 섞이지 않은 남이란 사고방식 때문이다.

"말씀 올리겠습니다. 바로 일본입니다."

"일본? 그게 무슨 말이지?"

"일본은 두 개의 몬스터 게이트가 발생하여 그 피해가 매우 심각합니다. 만약 저들이 북과 같은 상황에 처한다면 그들이 어디로 가겠습니까?"

번뜩!

정현수 총재의 두 눈에 섬광이 어린다.

"자네 말은?"

"그렇습니다. 그들과의 선이 아직 닿아 있습니다. 아버님께서 허락하신다면 제가 그들과 협상해 보겠습니다."

"그들을 끌어들인다면… 저 건방진 애송이를 견제할 수도 있겠군."

"그렇죠. 놈의 콧대를 꺾을 수 있습니다."

"흐흐흐. 좋아, 좋군. 추진해 봐. 하지만 난 모르는 일일세."

늙은 너구리는 습관처럼 또다시 굴을 판다. 악취가 진동하는 고약한 너구리다.

노기찬은 내심 기분이 크게 상했다.

자신을 재주나 부리는 곰으로 생각하는 정현수의 태도 탓이다. 하지만 그의 그늘이 없으면 재주를 부릴 무대조차 없으니 화가 나도 참을 수밖에 없었다.

'그들을 나만의 날개로 만들겠다, 반드시. 후후.'

늙은 너구리와 젊은 여우가 마주 보며 활짝 웃는다.

＊　　　＊　　　＊

—그쪽 분위기는 어때?

"별로."

현성은 평소와 다름없이 무뚝뚝하다.

유오찬은 이를 개의치 않았다.

아니, 오히려 안도한다. 변함없는 그의 태도에.

—김 부장에게서 이야긴 들었겠지?

"들었다. 결론은?"

—복잡한 문제잖아. 쉽게 결론 나기 어렵지.

결론을 쥐고 있는 자의 겸손이지만 현성은 이를 꼬집지 않았다.

싸움이란 전부를 걸어야 한다.

그 결심이 서지 않는 한 선을 지켜주는 것은 필수다.

상대가 이를 어긴다면 문제는 달라지겠지만.

"그렇군."

―선우 본부장, 부탁 하나만 하자.

"말해."

잠시 뜸을 들인 유오찬의 목소리가 다시 수화기에서 흘러나온다.

―리경수란 자를 네가 만나줬으면 한다. 은밀하게. 물론 이를 거절하더라도 자넬 원망하진 않을 거야. 섭섭한 감정은 살짝 들겠지만. 후후.

"망명을 요청한 북한 스킬러 나이트들의 우두머리 말이군."

―그래, 그쪽 책임자이자 망명을 요청한 당사자이기도 하지.

"다른 이들도 있을 텐데."

―자네가 허락하면 덤으로 하나 더 부탁할 게 있거든. 그 덤에 최소한의 인원이 필요해서 말이야.

덤으로 부탁한다니, 그게 무엇일까? 현성은 유오찬의 심중에 무엇이 들었는지 내심 추측해 보려 했지만 명확하게 이거다! 하고 떠오르는 건 없었다.

막연하게 그 덤이 앞의 부탁보다 더 중요한 것 같다는 느낌만 받았다.

"들어보고 결정하지."

―그 덤이란 건 다름이 아니라 혹시라도 그쪽에 북한 지도

부 놈들이 붙어 있거든 은밀하게 제거해 달라는 것이다. 그놈들이 함께 들어오면 통제가 어려울 것 같아서 말이야.

현성은 유오찬이 위험한 도박을 하려 한다는 생각이 들었다.

만에 하나 실수가 발생한다면 후이넘은 뒷전으로 밀리고 말 것이다.

2차 남북 전쟁이 발발할 수 있는 지극히 위험한 사안이다.

그런데 유오찬은 왜 이런 위험을 감수하려 할까.

이번엔 현성이 꽤 오랫동안 침묵했다.

"현장을 보고 판단하도록 하지."

—승낙해 줘서 고맙군. 판단은 전적으로 자네에게 맡기도록 하지. 참, 갈 때는 김용수 부장을 데려가게. 공간 이동 스킬러 두 명은 가야 이런저런 일이 생기더라도 저들이 우리를 의심하지 않을 테니까.

현성이 가진 스킬러 고유의 능력과 그의 전투력을 신뢰하지 않고서는 결코 부탁할 수 없는 내용이다.

통화를 종료한 현성이 창가로 고개를 돌렸다.

속을 알 수 없는 예의 그 무심한 표정이다.

*　　　*　　　*

황해북도 송림시.

북한 제2의 종합 제철소가 이곳에 자리하고 있다.

제철소의 용광로는 작동을 멈춘 상태였고 몰려든 피난민들이 그 열기를 대신하고 있었다.

평양의 밤하늘은 노을에 물든 하늘처럼 붉었다.

노을이 져 버린 지 한참이 지난 깊은 밤중임에도.

송림시 외곽.

현성과 김용수가 이곳에 그 모습을 드러냈다.

"어서 오시오, 동무들. 리경수요."

깡마른 체형에 눈빛이 몹시 매서운 중년의 남자가 삼남일녀를 대동한 채 이들을 향해 다가와 손을 내밀었다.

리경수가 악수를 청한 상대는 김용수였다.

그의 눈엔 김용수가 책임자로 보인 모양이었다.

"전 이분의 부관입니다."

김용수가 한 발 뒤로 물러서며 현성을 가리켰다.

리경수의 눈가에 이채가 스친다.

"아, 그렇소? 실례했군. 반갑소. 리경수요."

"선우현성입니다."

리경수는 현성의 위아래를 훑어보며 내심 감탄했다.

'보통내기가 아니군.'

리경수는 자신과 함께 온 사람들을 소개한 뒤 자리를 옮겼다.

현성과 김용수가 이들을 따라가 도착한 곳은 작은 마을이었다.

마을엔 전기가 들어오지 않았다.

모닥불과 햇불과 등잔이 이 마을의 난방과 조명을 대신하고 있었다.

리경수는 마을에서 가장 큰 집으로 현성과 김용수를 데려갔다.

낯선 자들의 등장은 당연히 사람들의 시선을 끌게 마련이다.

"커피요. 남조선 사람들은 이걸 즐겨 마신다고 들었소."

"고맙습니다."

커피를 받아 든 현성은 마을을 가로지르며 보았던 사람들의 표정과 눈빛을 떠올렸다.

추위와 배고픔, 그리고 앞날에 대한 두려움을 그들의 표정에서 쉽게 읽을 수 있었다.

그리고 유독 경비가 삼엄한 곳도 확인했다.

불빛 아래에서 본 리경수의 표정은 몹시 지쳐 보인다.

"본론으로 들어갑시다. 남한 정부의 입장은 어떻소?"

"반가움과 염려가 반반씩입니다."

"그게 무슨 뜻이오? 동무."

"당신이 이곳의 책임자입니까? 아니면, 당신의 상관이 따로 있습니까?"

"그건 왜 묻소? 그 질문의 저의가 뭐요?"

리경수의 반응은 처음과 달리 무척이나 날카롭게 변했지만 현성은 이에 아랑곳하지 않았다.

이 세상에서 그를 주저하게 만들고 겁먹게 할 존재가 과연 몇이나 될까.

"양국의 불미스러운 일을 미연에 방지하기 위한 확인 절차라고 생각하시기 바랍니다."

'나는 저 사람을 잘 안다. 그 사람은 이러이러한 사람이다!'라는 선입견이 깨질 때면 사람들은 대개 당황하게 된다.

현성을 통해 김용수도 이러한 감정을 느끼고 있었다.

'노련한 외교관 같잖아.'

사람들은 상대의 첫인상을 통해서 호의 혹은 경계 등의 감정을 갖게 된다.

여기서 더 발전하게 되면 자신의 선입관에 맞춰 그 사람을 규정하기도 한다.

김용수가 규정한 현성은 사회성이 결여된 독특한 성격의 남자였다.

그런 남자가 지금 외교관처럼 사회성을 발휘하며 대화를 주도해 나가고 있었다.

이렇게 세상일은 가끔 다 안다고 여기는 순간 자신의 무지에 기함하는 경우가 생기기도 한다.

김용수는 지금 그 경험을 이 자리에서 하고 있었다.

"남조선은 자신만만한가 보오. 아니면 북조선을 무시하는 게요? 몬스터 게이트가 평양이 아닌 서울에 떨어졌다면 선우 동무와 내 입장이 바뀌지 않았겠소? 그래도 동포라고, 같은 민족이라는 생각에 서로 협력하려 했더니 사람 참 우습게 만드는구려."

김용수는 리경수와 현성에게서 전기가 팍팍 튀는 것 같았다.

한마디로 지켜보는 재미가 쏠쏠했다.

리경수의 반격에 현성은 흔들리지 않았다.

현성 특유의 포커페이스는 영원히 깨질 것 같지 않은 철벽처럼 리경수를 심리적으로 압박하고 있었다.

"상처는 가까운 사람에게서 받는 법입니다. 그 상처를 치유할 넉넉한 시간과 여유가 있다면야 문제 될 건 없지요."

현성을 향한 리경수의 눈빛은 사냥감을 향해 도약하기 직전의 신중한 표범처럼 냉정하고 매서웠다.

두 사람은 침묵의 줄을 앞에 놓고 서로 잡아당긴다.

어느 쪽이 끌려갈 것인지 지금으로썬 알 수 없었다.

"끄응, 결정은 내가 했소, 선우 동무."

현성이 리경수를 잡아당겼다. 그의 승리다.

승리자는 웃지 않았고 별다른 감정도 드러내지 않았다.

젊은 남조선 청년의 심력에 리경수는 무릎을 꿇었다.

기분이 나빠야 정상이다.

그런데 도리어 편안함을 느끼는 리경수였다.

지뢰밭에서 나갈 수 있는 길을 발견한 심정이랄까.

김용수는 현성을 향한 리경수의 두 눈에 호의가 담기는 것을 보았다.

착각인가 싶어 유심히 살펴보기까지 한 김용수는 자신의 느낌이 잘못되지 않았음을 확인했다.

그때, 리경수에게 기별이 들어왔다.

현성에게 양해를 구한 리경수가 나갔다가 잠시 후 들어온다.

"거기, 동무는 나가 있으시오. 당신의 젊은 상관과 내 독대 좀 해야겠소."

갑자기 떨어진 축객령에 김용수는 내심 의아했다.

망설이는 그를 향해 현성이 말한다.

거부할 수 없는 어조로.

"나가 있으세요, 김 부장님."

"음, 알겠습니다."

감시자의 임무도 겸한 김용수였다.

어떤 식으로든 끝까지 이 방에 남아 두 사람의 대화를 지켜 보아야 한다.

하지만 핑계를 찾을 수 없었다.

김용수가 순순히 밖으로 나갔고, 그 뒤를 리경수의 수하들 도 따라나섰다.

실내에 정적이 흐른다.

그때 누군가 이 방으로 들어왔다.

사람들이 나갔던 문이 아닌 쪽문을 통해서였다.

"아이고, 안녕하십니까, 현성 동무. 헤헤."

경박한 웃음을 흘리며 들어온 남자. 그는 현성도 익히 아는 남자였다.

바로 현성이 전날 북한의 정치 포로수용소에 투척(?)한 강원 도였다.

현성은 예상하지 못한 전개에 이 상황을 어찌 받아들여야 할지 조금 난감했다.

강원도는 경험을 통해 현성이 지닌 특별한 능력에 대해서 알고 있었다. 그가 갖고 있는 정보는 어떤 식으로든 리경수에게 도움이 됐을 것이다.

그래서 현성은 강원도가 그리 반갑지 않았다.

"오랜만이군, 강원도."

"헤헤. 절 잊지 않으셨군요. 이렇게 만날지 어찌 알았겠습니까. 이래서 사람은 죄짓고 못 사나봅니다."

뼈 있는 말이지만 현성의 마음은 잔바람 앞에서 흔들리는 풀잎이 아니다.

현성이 입을 꾹 다물고 있자 이를 오해한 강원도가 기세등등한 표정으로 리경수에게 말했다.

"리경수 동무, 일전에 제가 말씀드렸던 남조선의 그 스킬러 동무가 맞습니다."

리경수가 나갔다가 들어온 이유가 강원도 때문이었음을 현성은 알 수 있었다. 저들이 무슨 이야기를 나누었을까? 그리고 그 이야기를 들은 리경수는 어떻게 행동할까?

'그래도 변하는 건 없다.'

현성은 강원도를 무시한 채 리경수를 직시했다.

"대단한 동무였군. 어쩐지."

"독대의 자리로 알고 있는데 저자를 불러들인 이유는 무엇입니까?"

강원도는 자신을 무시하는 현성의 태도에 기분이 나빠졌다.

그의 담담한 태도는 얄미운 한편 불안감의 요인으로 작용하기도 했다.

리경수의 표정을 훔치듯 살펴본 강원도는 내심 놀랐다. 아니, 충격을 받고 있었다.

'리경수, 저 인간이 저 녀석에게 호감을 갖고 있어! 이런 어처구니없는 일이!'

두근두근.

강원도의 센스가 빠르게 작동한다.

쓸데없는 입방아를 찧었다간 쥐도 새도 모르게 죽을 수도 있겠구나! 하는 생각이 그의 뇌리를 스쳤다.

조심, 또 조심해야 할 순간이다.

긴장한 강원도는 더 이상 웃지 않았다.

현성에 대한 복수심도 이 순간 과감히(?) 접어버렸다.

"내 묻겠소. 동무는 남조선에서 위치가 어찌 되오?"

"특구란 곳의 안전을 책임지고 있소."

현성은 숨기지 않고 밝혔다.

리경수가 입안에서 그의 대답을 굴린다.

"특구라… 들어본 것 같은데. 강 동무, 알고 있소?"

"잘 모르겠습니다."

강원도가 현성에 의해 북한에 투척된 이후에야 들어선 특구다. 그렇다 보니 녀석이 알 리 없었다.

"강 동무는 그만 나가보시오."

"…예?"

찌릿.

흠칫.

꽁지에 불이 붙은 쥐 새끼처럼 빠져나가는 강원도다.

"겉만 번지르르한 쭉정이 말만 믿고 혼선을 빚을 뻔했군. 선우 동무."

"예."

"내 이런 일은 익숙지 않소. 그러니 사내답게 까놓고 말하겠소. 동무도 그래주었으면 하오. 그래주겠소?"

"그러죠."

리경수는 그의 말을 전적으로 믿겠다는 듯 재차 묻지 않았다.

"몬스터 게이트가 주석궁을 쪼갰소. 그때 지도자 동지와 핵심 간부들이 죽거나 다쳤더랬소. 우리가 손쓰려고 했을 때 후이 넘이 물밀 듯이 쏟아졌소. 겨우 저지선을 형성했지만 보다시피 이 꼴이오. 휴우, 지금 지도자 동지는 우리가 보호하고 있소."

보호란 단어에 유독 힘을 싣는 리경수였다.

그래서일까? 보호의 사전적인 의미와 리경수가 강조한 보호의 의미가 다른 느낌이었다.

"당신들의 지도자가 남쪽으로의 망명을 원한 것이오?"

피식.

"그릴 리가 있겠소."

리경수가 남한 망명의 결정자가 자신이라고 했던 이유를 현성은 그제야 납득할 수 있었다.

"이유를 물어도 되겠습니까?"

"까놓기로 했으니 다 말하겠소. 되놈은 믿을 수 없소. 가 봐야 총알받이나 되지. 그래서 부하들과 논의한 끝에 남조선에 망명하기로 의견을 모았소. 팔도 안으로 굽지 않소. 그리고 우리에겐 가족이 있소."

하긴 말도 통하지 않는 자들 밑에 들어가 눈치 보고 사느니 말이라도 통하는 민족 밑에 있는 것이 그나마 나을 것이다.

리경수와 그의 부하들 입장에서 생각해 보면 현성 자신이라도 남한을 선택했을 것 같았다.

"당신들의 지도자는 어찌할 생각입니까?"

"남조선은 어쩌길 바라오?"

마음이 무거운지 리경수의 목소리가 낮게 갈라져 나온다.

현성은 리경수를 직시하며 담담하게 말했다.

"내가 여기 온 목적은 스킬러 나이트를 제외한 북한군을 결집시킬 수 있는 자들의 제겁니다."

솔직해도 너무 솔직하다.

리경수는 분노하지도, 반발하지도 않았다.

그저 어이없다는 표정을, 아니, 황당한 표정을 지을 뿐이었다.

이런 그의 기분에 또 하나의 감정이 끼어든다.

그것은 호승심이며, 호기심이었다.

"실패하면 타격이 엄청날 텐데. 남조선 정부가 그새 성격이 많이 바뀌었나 보오. 이런 일을 감행하려고 하다니. 그래, 몇 명이나 준비했소?"

"나 혼자요."

현성의 말은 농담으로 치부할 수 있다.

아주 고약한.

하지만 리경수는 그의 말을 농담으로 치부하지 않았다.

눈앞의 남자에게 진실을 말하는 입과 그 진실을 닫아버리는 입밖에는 없다고 봤기 때문이다.

"그 일은 우리가 알아서 하겠소. 동무가 양해해 주면 고맙겠소."

"그렇게 하지요."

"이틀 후에 연락하겠소. 그때 본격적으로 논의합시다. 선우 동무를 그때 볼 수 있겠소?"

리경수가 본 현성은 전사였다.

전사는 칼을 들지 잔머리와 펜은 굴리지 않는다.

그래서 다시 그와 만날 때는 어쩜 그곳이 남조선이 아닐까 미루어 짐작하는 리경수였다.

그래도 혹시나 싶어 묻는 이유는 현성을 신뢰할 수 있는 자라고 여겼기 때문이다.

조언 한마디 듣는다면 그도 좋은 일이고.

"장담할 수 없습니다. 하지만 한 가지 조언은 해줄 수 있습니다. 남측 협상단에게 특구와 인접한 곳에 거주지를 마련해 달라고 요구하십시오."

가려운 곳을 긁어주는 현성에게 리경수는 마음의 빚을 느낀다.

언제 기회가 되면 갚아주리라. 그렇게 내심 담아두는 리경수였다.

"고맙소. 다음에 남조선에서 보면 술이나 한잔합시다."

"그날은 제가 사겠습니다."

"하하. 오늘 반가웠소, 선우 동무. 진심이오."

현성은 리경수와의 악수를 끝으로 김용수와 함께 공간 이동을 했다.

스팟.

리경수를 향해 그의 수하들이 우르르 몰려들었다.

"대장 동지, 어찌 됐습니까?"

"남조선에도 괜찮은 사내가 있군. 저런 사내라면 내 등짝을 맡길 수 있겠어."

"그 정도의 사냅니까?"

"그래."

"그자… 이름이 뭡니까?"

부하들이 두 눈을 동그랗게 뜨며 자신을 바라보자 리경수는 부드러운 웃음을 흘리며 대답해 주었다.

"선우현성."

제39장
자승자박

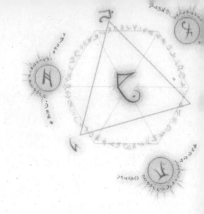

 망명에 관한 본격적인 협상 과정에서 현성은 제외됐다.

 리경수의 예측이 맞아떨어진 것이다.

 한반도는 외세에 의해서 분단이라는 뼈저린 아픔을 겪었다.

 한민족에게 씻을 수 없는 아픔을 선사한 외세는 한반도가 통일되기를 그다지 원하지 않았다.

 그랬던 그들이 돌연 입장을 바꾸었다.

 북한 정권은 후이님의 침공으로 무너졌다.

 군부와 주민들을 통제할 최상층 지휘 계통이 흔적도 없이 날아가 버린 것이다.

 지휘 체계가 일시에 무너진 군부는 오합지졸에 지나지 않았다.

총검으로 무장한 난폭한 폭도일 뿐이었다.

각 부대의 사령관들이 나서서 후이넘을 소탕하기 위해 출병했지만 그들은 이렇다 할 성과를 내지 못했다.

군에서도 그랬지만 민간에도 피해는 속출했다.

사람들은 스스로를 두고 바위를 향해 날아가는 계란이라는 생각을 하게 됐다.

"우린… 아무것도 할 수 없어!"

"으으으."

절망과 탄식과 신음이 걷잡을 수 없이 사람들의 마음과 마음으로 퍼져 나갔다.

군부대에선 탈영병이 속출했고, 도시와 마을은 텅텅 비어가기 시작했다.

살길을 찾아 모두가 내달렸기 때문이다.

깊은 산속으로 들어가는 사람들도 있었고, 배를 이용해 해상으로 나오는 자들이 줄을 이었으며, 내륙을 관통해 중국과 한국으로 빠져나오려는 자들로 인산인해를 이루었다.

중국은 북한과 면한 국경을 봉쇄했다.

그리고 북한에서 넘어오려는 밀입국자를 향해 무차별적인 공격을 퍼부었다.

그곳에서 엄청난 사상자가 발생했지만 언론은 이 일에 눈을 감았고, 귀를 막았으며, 입을 닫았다.

남한의 사정도 중국과 별반 다르지 않았다.

휴전선 이남엔 군기가 바짝 들어간 한국군이 물샐틈없이 포진해 있었다.

휴전선 이북에선 후이넘을 피해 내려온 피난민과 인민군들이 한데 뒤섞여 국경을 두드렸다.

포성과 총성과 아우성이 휴전선을 가득 메웠다.

그러다 지금은 북한 피난민들이 이성을 찾은 것인지 조용했다.

그렇다고 해서 안심하고 있을 수만은 없었다.

이곳은 언제 터질지 모르는 화약고였다.

"현성 씨."

민연이 현성을 부르며 잰걸음으로 다가온다.

그녀의 뒤로 아연과 희연이 보인다.

현성이 북한을 다녀온 지 어느덧 나흘이 흘렀다.

세계 각처에 등장한 몬스터 게이트의 기세는 여전했다.

시간이 지날수록 세계는 위기감이 고조되고 있었다.

후이넘을 틀어막는 데 일등 공신이었던 스킬러 나이트들은 점점 지쳐 갔다.

그렇다 보니 그들이 펼친 저지선 역시 속속 무너져 가고 있었다.

후이넘 3차 침공으로 몰락한 국가가 벌써 열다섯이나 된다.

이 중에는 북한도 포함되어 있었다.

북한의 붕괴는 남북통일을 의미한다.

미국, 일본, 중국, 러시아는 이 문제를 한국 정부에 온전히 맡겨 버렸다.

후이넘이 홍수처럼 쏟아지는 현실 속에서 타국의 일에 개입할 여력과 정신이 그들에겐 없었다.

민족의 오랜 숙원이었던 남북통일을 외세의 간섭 없이 스스로 풀 수 있게 된 기회였다.

하지만 남측 정치권은 이 상황을 회의적인 시선으로 바라보고 있었다.

현재 북한은 전 국토의 3분의 1이 후이넘의 발굽 아래 짓밟혔으며 천문학적인 인명 피해와 재산 피해를 입은 상황이었다.

암울한 뉴스를 잠시 머리에서 지우는 일남삼녀다.

"점심 먹고 오는 길이야?"

국내 스킬러 나이트 전원이 비상대기 상태다.

특본 소속 스킬러 나이트 역시 이러한 분위기에서 예외가 아니었다.

잠깐씩 집에 다녀오는 것을 제외하곤 늘 특본을 둘러싼 높은 담장 아래서 생활한다.

"응, 현성 씬 언제 왔어?"

화랑단의 호출을 받아 오전 내내 그곳에 있다가 이제야 돌아온 현성이다.

점심을 걸렀기에 늦은 점심을 해결하기 위해 구내식당으로 향하던 중에 민연과 마주친 것이다.

현성을 바라보는 민연의 표정은 애틋했다.

오늘이, 그리고 내일이 어떻게 될지 예측할 수 없었기 때문이다.

"방금."

"같이 가줄까?"

"그럴 필요 없어."

"뭐야? 애인이 선심을 베풀면 넙죽 예예 해야 하는 거 아냐?"

두 사람을 바라보는 아연과 희연의 심정은 남다르다.

아연은 씁쓸함과 아릿함을 느꼈고, 희연은 현실을 수긍하자는 마음과 하고 싶지 않다는 마음이 아직 전투 중이었다.

하지만 민연이 좋은 사람인 걸 알기에 자매는 조금씩 이 일에 익숙해지려고 노력하고 있었다.

희연이 현성의 팔을 툭 치며 지나간다.

"밥은 챙겨 먹고 다녀, 아저씨."

"배 많이 고프겠어요. 희연아, 우리 먼저 가자. 오빠, 이따가 봐요. 식사 맛있게 해요."

멀어져 가는 자매의 뒷모습을 잠시 바라보던 현성이 고개를 돌려 민연을 찾는다.

그런데 눈앞에 있어야 할 그녀가 보이지 않았다.

정신을 어디다 두었기에 민연이 없어지는 것도 알아차리지 못했을까? 하아, 한숨이 그의 심정을 대변한다.

덥석.

코앞에서 나타난 민연이 불쑥 현성의 팔짱을 끼며 씩씩하게 말했다.

"가자, 밥 먹으러."

"혼자 가도 괜찮다니까."

"내가 안 괜찮아, 자기."

현성은 민연이 끌어당기는 대로 질질 식당으로 끌려갔다.

현성을 자리에 앉힌 민연이 음식을 받아 왔다.

식당 한편에는 TV가 앉아 떠들고 있었다.

방금 들어온 속보를 말씀드리겠습니다. 미 정부는 캐나다에 발생한 몬스터 게이트를 향해 핵미사일을 발사했습니다. 다시 한 번 알려 드리겠습니다. 미국 정부는 캐나다 망명정부의 요청을 받아 몬스터 게이트를 향해 핵미사일을 발사했습니다. 자세한 상황은······.

현성과 민연의 시선은 TV 화면에 고정되어 떠나지 않는다.

"미국이 핵무기를 발사했대."

"핵, 핵전쟁이라도 터지는 거야?"

"어쩜 좋아."

주방 아줌마들이 우르르 나와 울상을 지었다. 일부는 핸드폰을 꺼내 가족에게 연락을 취하기도 했다.

민연이 현성의 손을 꽉 움켜쥐었다.

덜덜덜.

그녀의 손은 마치 세찬 바람에 떨어져 나갈 듯 파닥이고 있는 힘없는 이파리 같다.

그녀가 나가떨어지지 않도록 현성은 그녀를 힘껏 잡아주었다.

겨우 진정되는 민연이었다.

"고, 고마워, 현성 씨."

"네 곁엔 늘 내가 있을 거야."

"나도 그럴 거야."

남녀는 서로를 그윽하게 바라본다.

핵무기로 몬스터 게이트를 닫으려는 걸까? 그게 가능하다면 좋을 텐데.

아직은 알 수 없는 상황이다.

하나 분명한 것은 우려했던 인류 최강의 병기가 사용됐다는 점이다.

그것이 던지는 의미와 파장은 엄청날 것이다.

과연 핵미사일을 먹어치운 몬스터 게이트는 어찌 될까? 현성과 민연이 궁금해하듯 모든 사람도 이를 몹시 궁금해하고 있을 것이다.

삐삐삐.

"본부장님, 이 방송을 들으시면 즉각 상황실로 오시기 바랍니다."

구내방송을 통한 긴급 호출.

드르륵.

한 수저도 뜨지 못한 식판을 코앞에 두고 일어서는 현성이었다.

민연이 음료수 하나를 챙겨 들고 황급히 현성의 뒤를 쫓았다.

*   *   *

캐나다는 북미 대륙의 북쪽에 위치한 국가로, 세계에서 영토가 두 번째로 넓다.

캐나다 망명정부의 요청으로 몬스터 게이트를 향해 발사된 미국의 핵미사일이 드디어 그 결과를 드러냈다.

북미 대륙은 격정의 탄식을 터뜨리며 어깨를 축 늘어뜨렸다.

예상하지 못한 결과에 직면했기 때문이다.

삼투압 효과랄까? 핵미사일을 삼킨 캐나다의 몬스터 게이트는 지구촌 곳곳에 흩어져 있던 몬스터 게이트를 모조리 흡수한 듯 엄청난 규모로 커져 버렸다.

세상엔 단 하나의 몬스터 게이트만이 남게 됐다.

후이넘 유입이 멈춘 북한의 탈환을 위해 남한 정부는 지상군과 공군력을 투입하기로 결정했다.

화랑단 역시 빠질 수 없었다.

아직 무너지지 않은 북한 군부와 연락을 취한 남한 정부는 그들의 전폭적인 지지를 얻을 수 있었다.

바야흐로 민족 대통합, 남북통일의 대업이 기치를 올린 것이다.

　출군 전날 밤, 유오찬이 현성을 찾아왔다.

　"양키들이 제대로 나대준 덕분에 한숨 돌릴 수 있게 됐지 뭐야. 크크."

　오찬의 얼굴에선 깨소금이 볶아지고 있었다.

　후이넘의 신체 구조상 대양은 건널 수 없다.

　아메리카 대륙이 놈들의 지배하에 들어가더라도 그 외 대륙은 안전했다.

　"넌 반미주의자였나?"

　"왜놈이나 되놈이나 양키나 내겐 다 똑같아. 그러니 콕 집어서 반미주의자냐고 묻는다면 대답하기 애매하지 않겠어? 하하."

　"나만 아니면 된다. 뭐 이런 생각인 건가?"

　유오찬은 남북 연합군에 참가하지 않아도 되는 위치다.

　화랑단 본부 상황실에 앉아 정찰기나 위성 등을 통해 들어온 정보만 느긋하게 살펴보면 그만이다.

　그런 데도 녀석은 무슨 바람이 불었는지 참전 결정을 내렸다.

　"다 그렇지 않나? 너도 마찬가질 텐데. 후후."

　현성은 그의 말에 침묵했다.

　생각해 보니 유오찬이나 자신이나 다를 게 없었다.

서로가 지키고 싶은 것들의 편에 서서 살아가는 인생이 아니던가.

"그렇군."

"한때 난 이 나라에서 때려죽여도 시원찮을 놈이었지. 하지만 지금 보게. 민족의 영웅으로 언론의 집중 조명을 받고 있지 않나. 이 얼마나 아이러니한 일인가. 크크."

화랑단의 수장 유오찬은 과거에 벌였던 일 때문에 자주 발목이 잡혔었다.

그랬던 그가 역사적인 남북 연합 작전에 참가를 선언하자 그의 과거는 마치 신기루처럼 사람들의 머리에서 사라져 버렸다.

"자랑질이나 하려고 날 찾아온 건가? 유오찬답지 않군."

"그런 마음이 아예 없다고 말한다면 거짓말이겠지. 잠깐, 방금 나답지 않다고 했나?"

현성은 유오찬이 평소와 다르게 몹시 들떠 있다는 생각이 들었다.

"흥분한 것 같은데."

"흥분이라… 맞아. 난 지금 피가 부글부글 끓고 있다네. 생각해 봐. 이 좁은 반도국이 반토막으로 갈라져 서로 아옹다옹 지낸 세월이 얼만가. 이 상황이 아니었다면 통일은 요원한 일이었겠지. 그것도 우리 민족의 힘으로 말이야."

유오찬이 현성을 힐끔 쳐다본다.

'하아, 저 녀석은 아무렇지도 않나?'

현성의 무표정과 무심한 눈빛을 일별한 유오찬의 흥분감이 가라앉았다.

어쩜 이 때문에 출전 전날 그가 현성을 찾아온 것인지도 모른다.

인간 진정제랄까? 유오찬에게 현성은 바로 그러한 인물이었다.

그리고 마음속 말을 마음껏 토로해도 안심할 수 있는, 그가 아는 유일한 인물이기도 했다.

가끔 유오찬은 현성에 대해 생각하곤 했다.

그와 자신의 인연에 대해서.

그럴 때마다 유오찬은 인생의 아이러니를 다시 한 번 되새겨 볼 수 있었다.

"뒤에서 응원하지."

"크하하하하. 그래, 그 말을 듣고 싶었다. 참, 리경수와 북한 스킬러 나이트가 자넬 각별히 생각하더군. 그들을 선봉에 투입할까 말까 내심 고민하다가 후방에 남기기로 결정했네."

관우를 욕심낸 조조를 아는가? 유오찬에게 있어 현성은 바로 관우와 같은 인물이었다.

관우에게는 반드시 돌아가야 할 사람─유비─이 있었지만 선우현성에겐 그런 인물이 없다.

조조와 유오찬의 다른 점이라면 조조는 관우를 죽이지 않았지만 유오찬은 필요하다면 그를 죽이려 들었을 것이라는 점이다. 반드시!

"날 위해서 남겼다?"

"그래, 널 위해서 남겼지. 그리고 날 위해서이기도 하고."

유오찬의 표정이 사뭇 진지하다.

대체 무슨 말을 하려고 저럴까 싶어 현성이 유오찬을 바라보았다.

"스무고갠가?"

"천만에. 우리 사이에 그런 놀이는 어울리지 않잖아."

"내게 원하는 게 있나?"

"노기찬은 너도 알고 있을 거야."

"정 총재의 사위 말이군."

"모르는 사람처럼 말하는군. 하긴 그런 쥐새끼를 자네가 경계했다면 완전 개그겠지. 실은 그 쥐새끼가 일본 애들과 접촉하고 있어. 그 싹을 잘라 버리고 출전할까도 생각해 봤지만 한편으로 생각해 보니 그놈을 이용하는 것도 나쁘지 않을 것 같더군."

정현수 총재란 뒷배를 가진 노기찬이 무엇이 아쉬워서 일본과 손을 잡을까 싶다.

내심 이러한 의문이 들었지만 욕망에 빠진 인간은 가끔 사리 분별 능력을 상실할 때가 있다.

현성은 유오찬의 의도를 묻지 않았다.

묻지 않아도 그가 알아서 대답해 줄 테니 굳이 물을 이유가 없었다.

과연 그의 생각처럼 유오찬이 어깨를 으쓱이며 말을 이어나갔다.

"북한 스킬러 나이트들은 현재 남한 사회에서 겉돌고 있네. 이는 차후 통일 한국에서도 그럴 거야. 그러니 그들에게 공을 세울 기회를 주려고 하네."

"쥐 새끼 한 마리 잡는 일에 소 잡는 칼을 쓰려 하는군. 그 얘길 내게 하는 건 나도 동참하라… 뭐, 그런 뜻인가?"

"그들은 나보다도 널 더 신뢰하더군. 그래서 이참에 결단을 내렸지. 네게도 힘을 주기로."

유오찬의 제안은 의외였다.

권력이란 권력은 죄다 틀어쥘 수 있을 텐데도 이를 갖지 않고 분산시키려 하는 이유가 뭘까?

그래서 현성은 진심으로 오찬에게 물었다.

"견제 세력을 왜 만들지?"

"저 북한의 김씨 왕조처럼 이 땅에 유씨 왕조 같은 걸 세워도 좋지 않을까? 하는 그런 욕심이 아예 없다면 그건 거짓말이겠지. 하지만 너 같은 사람들이 있는 한 그랬다간 이 목이 언제 떨어져 나갈지 모르잖아. 그리고 난… 커험, 자식을 보지 못해. 시쳇말로 씨 없는 수박이지. 그래서 결정했지. 구김살 없는 장부다운 인생을 살기로."

유오찬은 당대 최고 권력자를 넘어 천 년이 지나도 기억될 민족의 영웅이 되기를 바라고 있었다.

그의 지난날을 떠올리면 말도 안 되는 우스운 노릇이다.

하지만 과거의 역사를 돌이켜 보면 살인자와 영웅은 똑같이 손에 피를 묻힌 이들이기도 했다.

그럼에도 후세가 기억하는 그들의 모습은 결과적으로 다르다.

이 얼마나 놀라운 모순이란 말인가.

"그 뜻은 존중할 만하군."

녀석이 자식을 원했다면 현대 의학으로 불가능하지 않다.

그럼에도 이를 과감히 포기하고 대의를 쫓는다는 것은 사실 쉬운 일이 아니다.

그 점에서 현성은 녀석을 재평가할 수밖에 없었다.

적어도 자신보단… 낫다.

"네 입에서 그런 말을 들으니까 괜히 어깨에 힘이 들어가는군. 하하하. 혹시라도 말이야. 내가 지금의 마음을 잊고 독주, 혹은 폭주하려고 들면 패서라도 날 말려줘라. 딴 놈은 몰라도 넌… 나도 감당할 수 없는 괴수급의 사내니까."

"…정 원한다면 얼마든지."

부르르.

현성의 눈빛이 심상치 않다고 느낀 걸까? 유오찬이 진땀을 쭉 빼며 급히 손사래를 쳤다.

"뭐, 뭐냐? 그 살벌한 눈빛은. 때려죽여 달란 말은 아니야. 그냥 정신 차리게만 해달라는 거지."

"네가 내게 했던 말 중 오늘 한 말이 가장 인상 깊었다. 깊이 간직하지."

"야! 내 말 알아듣긴 한 거야?"

스윽.

자리에서 일어선 현성이 씩 웃으며 유오찬을 내려다본다.

유오찬의 등줄기로 식은땀이 송골송골 맺혔다.

'저… 자식은 농담 따위 안 하는데.'

왠지 제 발등을 찍은 것 같다.

저놈, 정말 위험한 놈인데. 한다면 진짜 할 놈인데! 취소해
야 하지 않을까? 유오찬의 머릿속에서 빨간불이 격렬하게 번
쩍였다.

현성은 유오찬의 걱정과 불안감을 달래주지도 녹여주지도
않았다.

유오찬은 뒤돌아서 걸어가는 그를 향해 뛰어가 옷자락을 부
여잡았다.

"뭐지?"

하아.

유오찬의 입에서 깊은 한숨이 흘러나온다.

"이기적인 귓구멍이네. 칫."

"옷 늘어난다."

"그래, 그래, 네 맘대로 해라. 그런데 가기 전에… 흠, 나 집
에 좀 데려다 줘."

얼굴을 발그레 물들이며 연방 마른기침을 해대는 유오찬이
다.

탁.

현성은 자신의 옷자락을 부여잡은 유오찬의 손을 매몰차게

쳐냈다.

"야! 나 혼자 왔다니까. 핸드폰도 차도 안 가져왔어."

안타깝게도 유오찬의 공간 이동 능력은 다른 스킬러들과 마찬가지로 1일 1회였다.

애절하게 자신을 쳐다보는 유오찬을 향한 현성의 대답은…

"걸어가라."

그러곤 잽싸게 혼자서만 공간을 내달린다.

하아.

'비정한 놈.'

유오찬은 황당한 표정으로 한참을 그 자리에 서 있었다.

설마하니 진짜… 간다.

"오늘… 분위기 너무 잡은 건가?"

제 목을 쓰다듬는 유오찬의 손이 파르르 떨린다.

* * *

북한에 풀린 후이넘의 숫자는 대략 8, 90만으로 추정되었다.

이 엄청난 대군이 훑고 지나간 곳에선 인간의 씨가 말라 버렸다.

남북이 힘을 합쳤다.

후이넘을 때려잡기 위해서다.

그날 사람들은 거주 구역에 상관없이 모두가 길거리로 뛰쳐

나와 북으로 진격하는 군인들과 스킬러 나이트들을 큰 목소리로 배웅했다.

한편 국내의 관심과 화랑단의 전력이 대거 북한으로 빠져나가자 그 공백을 틈타 누군가 불온한 움직임을 보였다.

그 누군가는 꽤나 자신만만했다.

정현수 총재 자택.

"아버님, 검토해 보셨습니까?"

노기찬이 긴장된 기색으로 정현수 총재의 맞은편에 앉아서 그의 눈치를 살피고 있었다.

"…균형이라."

보고서를 덮은 정현수 총재가 두 눈을 지그시 내리감은 채이 말을 곱씹었다.

노기찬은 그의 마음이 흔들리고 있음을 눈치챘다.

반절의 성공.

"그렇습니다. 아버님, 지금은 힘의 균형이 절실한 때입니다."

"왜 일본이지?"

"중국은 엄청난 숫자의 스킬러 나이트와 예비 스킬러 나이트를 보유하고 있습니다. 미국이 핵무기를 사용한 이후 세계 곳곳에 흩어져 있던 몬스터 게이트가 북미에 총집결했습니다. 이것이 무슨 뜻이겠습니까? 아시아에서 중국을 견제할 세력이 전무해졌다는 의미가 됩니다. 제가 일본을 천거한 이유는 두

가집니다."

정현수 총재가 손짓한다.

계속 말을 이어나가라는 뜻이다.

노기찬은 장인이 자신의 말에 깊이 빠져들고 있음을 확신했다. 그렇지 않았다면 벌써 장인의 입에서 불호령이 떨어졌을 테니까.

씩.

느긋한 마음으로 노기찬은 말을 이어나갔다.

"일본은 앞서 두 개 몬스터 게이트의 발생으로 커다란 피해를 보았습니다. 아직도 진행 중이지요. 통일 한반도와 일본이 힘을 합쳐도 스킬러 나이트의 숫자는 저 중국에 미치지 못합니다. 화학무기나 핵무기는 이미 구시대의 유물입니다. 그것을 사용했다간 공멸입니다. 로마 회담에서도 이미 국가 간 전쟁은 금지됐습니다. 하지만 중요한 내용이 그 안에 없었습니다. 바로 스킬러 나이트입니다."

나직한 침음이 정현수 총재의 입술을 비집고 흘러나온다.

"중국을 견제하여 동북아의 안정을 모색하자라."

사위의 의견은 나쁘지 않았다.

노기찬은 더 이상 장인을 재촉하지 않았다.

그물에 걸린 물고기는 결코 제힘으로 이를 벗어나지 못한다.

노기찬에게 정현수는 그물에 걸려든 물고기였다.

그러나 안심하기에는 아직 이르다.

정현수는 만만한 인간이 아니기 때문이다.

"기찬아."

"예."

"스킬러 문제는 유오찬 단장의 소관이다. 자칫하면 그와 충돌이 발생할 수 있어."

"그 점은 걱정하지 않으셔도 됩니다. 사실 유오찬을 추종하는 스킬러 나이트는 특구 출신들입니다. 하지만 그 외 화랑단 내 대부분의 스킬러 나이트들은 중립이거나, 혹은 한얼이란 사적 모임에 가담하고 있습니다. 하지만 특구 출신과 한얼, 이 두 조직을 합친 숫자보다 정부의 뜻을 따르는 스킬러 나이트들이 더 많습니다. 또한 훈련소의 예비 스킬러 나이트들도 감안하면 아버님이 훨씬 유리합니다. 누가 뭐라 해도 합법적이고 정당한 권력은 아버님이 갖고 계십니다."

이 점은 정현수 역시 수긍한다.

그리고 노기찬이 언급한 정당한 권력이란 말도 그를 흡족하게 만들었다.

국민들의 지탄을 받고 있는 최무식 대통령의 처지는 사실 풍전등화다.

군부도, 정치권도, 민심도 더 이상 최무식을 따르지 않았다.

최무식을 그 자리에서 끌어내리지 않고 자신과 당의 방패막이로 삼은 일을 늘 자화자찬하던 정현수 총재다.

이번에도 최무식을 이용한다면…

'칼날은 자루에 박혀 있어야 하는 법이지.'

혹시 모를 유오찬과의 껄끄러운 대치 정국을 방지하기 위해서라도 정현수는 다시 한 번 안전한 한 수를 두려 하고 있었다.

이빨과 발톱이 모두 빠진 병든 호랑이 최무식을 이용해서 말이다.

"내 조만간 청와대에 들르마."

"감사합니다, 아버님."

"아, 그리고."

"예."

"규현이도 슬슬 제 밥벌이를 해야 되지 않겠나?"

정현수 총재가 총애하는 그의 둘째 아들, 정규현.

노기찬은 알 수 있었다. 정 총재는 자신의 아들을 이번 일에 참여시켜 경력을 쌓도록 할 생각인 듯했다.

'곰을 착취하는 되놈이 되시겠다? 후후. 그게 마음대로 되겠습니까, 아버님.'

바드득.

내심 이를 가는 노기찬이다.

하지만 정현수 총재를 향한 그의 얼굴은 순박하게 웃었다.

"하하. 잘됐군요. 저도 그 말씀을 드리려 했는데."

"그런가?"

"하하. 그럼요. 우린 가족이잖습니까."

"그렇지. 그렇고말고. 허허허."

　　　　*　　　*　　　*

　특구와 면한 지역이 특구로 편입됐다. 858명의 주민과 함께였다.

　이들은 북한 정권이 무너지기 직전에 남한으로 망명한 스킬러 나이트와 그들의 가족이다.

　리경수 외 325명의 스킬러 나이트는 원래 화랑단에 소속되어야 정상이다.

　하지만 그들은 무슨 이유에서인지 현성이 수장으로 있는 특본에 배치됐다.

　임시라는 꼬리표를 달긴 했지만.

　현성은 민연, 아연, 희연, 상도와 함께 퇴근했다.

　몇 해 만에 처음인 것 같단 느낌은 그동안 긴장된 나날을 보냈기 때문이 아닐까 싶다.

　현성이? 천만의 말씀.

　"와아, 이거 특별 포상인가? 다 함께 퇴근이라니. 그것도 칼퇴근. 하하."

　상도가 들떠서 소리친다.

　그는 자신의 최종 경쟁 상대였던 백도식 팀장의 팀원으로 들어갔다.

　사람들은 그가 그곳에서 적응하지 못할 것이라고 단정했다.

　이러한 걱정은 아연, 희연, 민연도 마찬가지였다.

그래서 틈만 나면 상도를 다독이곤 했다.

솔직히 그녀들이 그를 위로할 필요는 없었다.

경상도의 장점 중 하나가 적응력이었기에.

이틀 전, 승희 엄마가 퇴원했다.

하지만 모두 이를 마냥 기뻐하지 못했다.

그녀의 삶은 시한부이기 때문이었다.

집 안에 환자가 있으면 싫든 좋든 병원 냄새가 난다.

그리고 그 집 안의 사람들은 대부분 환자를 위해 자신의 일상 중 일부분을 희생하게 된다.

"어서 오세요."

약에 의존해서 하루하루를 살아가는 승희 엄마와 선화가 현관에 나와 현성과 일행을 맞이했다.

준희가 주방에서 나온다.

장기판을 앞에 둔 차기수와 김정호도 일어나 식구들을 맞이한다.

피는 통하지 않았지만 사람들은 서로 가족이라고 여기며 살고 있었다.

승희와 민호가 지하를 안고 선화의 방에서 나왔다.

젖병을 물고 있는 지하의 통통한 얼굴은 잠시도 쉬지 않고 씰룩인다.

지하를 향해 한달음에 달려간 경상도가 아빠 웃음을 지었다.

현성이 선화의 표정을 살핀다.

'두 사람 사이에 진전이 있었나?'

얼마 전까지만 해도 지하를 향한 상도의 행동을 선화는 어려워했었다.

그랬던 그녀가 이제는 편안하게 웃고 있다.

이를 남녀 간의 진척으로 해석하는 현성이었다.

2층 자신의 방으로 올라간 현성은 샤워를 끝내고 나왔다.

1층으로 가던 중에 민연을 만난 현성이 함께 계단을 밟았다.

민연의 몸에서 좋은 냄새가 났다.

스친 피부의 촉감이 놀랍도록 부드럽고 매끈했다.

사람의 피부가 맞나 싶다.

"나, 예뻐?"

민연이 깨는 소릴 한다. 그녀는 꼭 가끔 이런다.

현성이 피식거리며 그녀의 볼을 손가락으로 가볍게 두드렸다.

민연도 지지 않고 그대로 그에게 돌려준다.

"그런 짓은 방에서 하죠?"

뒷전에서 희연의 목소리가 들려왔다.

민연이 빙글 돌아서서는 희연을 향해 방긋 웃어준 뒤 갑자기 현성의 볼에 제 입을 맞췄다.

얼굴이 홍당무가 된 희연이 씩씩거리며 두 사람을 밀치고 아래층으로 내려간다.

악의는 없다.

그냥 당황하고 민망했을 뿐이다.

"짓궂긴."

현성이 점잖게 한마디 하며 민연의 입술이 닿은 자신의 볼을 검지로 매만진다.

여자의 신체는 참으로 이상하다.

똑같은 입술인 데도 남자의 입술과 여자의 입술은 엄청나게 다르다.

주둥이와 입술이 동의어지만 말의 느낌이 다른 것처럼.

"그래서 싫으셔?"

싫다고 말하면 얼굴이 남아나질 않을 것 같다.

그리고 이 계단을 어쩜 오랫동안 전세 내야 할지도.

식구들이 눈 빠지게 기다릴 것을 감안할 때 이는 결코 현명한 대답이 아니다.

"아니."

"킥킥."

"왜 웃어?"

"자기, 그거 알아? 자기 내숭쟁이인 거."

남자에게 이 말은 욕이다.

하지만 민연이 하는 말이기에 현성은 그냥 수긍했다.

"외통숩니다, 어르신. 하하하."

승리를 확신한 자의 음성이 넓은 거실을 가득 메운다.

"끄응, 한 수 물리세."

"벌써 세 번입니다. 이젠 안 됩니다, 어르신."

민연이 현성의 손을 살짝 잡아준 뒤 주방으로 쪼르르 달려 갔다.

애정 표현에 적극적인 민연이지만 차마 제 아버지 앞에서는 할 수 없었나 보다.

"식사는 아직 멀었으니까 현성 씨, 나랑 장기 한판 어때?"

김정호가 서 있는 현성을 부른다.

차기수는 돌을 던지며 항복을 선언했다.

분해 죽겠다는 표정이다.

남자의 승부욕은 늙어도 죽지 않는다.

아랫도리는 세월에 굴복할지라도.

현성이 차기수의 자리에 앉았다.

차기수는 훈수를 둘 요량인지 중간에 떡 자리 잡고 앉아 두 눈에 횃불을 밝힌다.

"저, 잘 못합니다."

현성이 말한다.

그러자 김정호는 자신의 어깨를 쫙 펴며 호탕하게 제안했 다.

"차포를 떼주지. 하하."

"감사합니다."

오랜만에 맛보는 평온한 일상이다.

주방에선 이 집 안의 모든 여자가 모여서 희희낙락한다.

여자들의 웃음소리와 음식 냄새가 함께 익어간다.

웃음처럼 아름다운 소리가 또 있을까 싶다.

탁탁탁탁.

장기판을 때리는 장기 알의 소리가 시원스럽다.

선무당이 사람 잡는다고 했던가? 현성이 장군을 나직하게
부른다.

"포장입니다."

"크흑, 현성 씨, 초보라며? 이건 사기 당구와 같은 거라고.
당구장에서 이럼 몰매 맞아."

차와 포를 떼주고 시작한 김정호는 눈앞에 펼쳐진 상황이
몹시 억울했다.

장담하건대 눈앞의 상대는 장기 알이 나아가는 길만 숙지한
초보자의 실력이 결코 아니었다.

그럼에도 자신의 양보를 냉큼 받아들이다니 이 얼마나 비겁
한 일인가.

"그런 건가요? 잘 몰랐습니다."

"휴우, 좋아, 그럼 이번엔 제대로 해보자고."

"그 전에 이 판은 확실히 매듭지어야 하지 않겠습니까?"

"이 판은 무효지. 안 그렇습니까? 어르신."

김정호가 차기수에게 매달린다.

하지만 앞 판에서 비참하게 패배한 차기수가 어디 그의 편
을 들겠는가.

"승부의 세계는 냉혹하다며? 정호, 자네 입으로 말하지 않
았나?"

"아니, 어르신, 그것과 이건 다르죠."

"내 보기엔 같네. 이번 판은 현성이가 이겼어. 클클클."

끝내 현성은 김정호의 궁을 잡아 잡순다.

깨끗한 승리다.

승부욕으로 활활 타오른 김정호는 정신을 차릴 요량으로 세면장으로 후다닥 달려갔다.

가면서 한 판 더 하자는 약속을 현성에게서 받아낸다.

"그러죠."

탁.

김정호의 모습이 화장실로 사라지자 차기수가 현성을 바라보며 한마디 한다.

"정호, 저 친구의 양보를 거절하지 않고 왜 받아들였나? 솔직히 저 친구 입장에선 욱할 만하지. 나였더라도 그랬을 테니까. 그건 자네가 그 사람 입장이었더라도 마찬가지였을 것 같은데?"

"그런가요? 전 잘 모르겠습니다."

"모른다? 어째서."

현성이 별종이라는 생각은 늘 해오던 차기수였다.

그의 지난 행적만 봐도 그랬다.

모르는 사람들을 구해서 끝까지 지켜주고, 자신에게 불리한 상황이 발생할 것을 알면서도 불평불만 없이 늘 의연하게 대처해 왔다.

이 부분만 보면 선우현성이란 남자는 정의감과 동정심이 충만한 올바른 청년의 표상이라 할 수 있었다.

하지만 웬걸, 정의감과 동정심이 넘쳐 보이던 청년은 수많은 이들을 괴롭힌 자와 대수롭지 않게 손을 잡았다.

그 악당은 당연히 유오찬이다.

차기수에게 유오찬은 영원한 악당일 뿐이었다.

악당과 손을 잡은 이를 영웅이라고 부를 수 있을까? 차기수는 단호하게 말할 수 있었다.

아니라고.

그럼에도 차기수가 현성을 악당이라고 부르지 못하는 이유는 단 하나다.

한결같은 마음 자세 때문이다.

이마저도 없었다면 차기수는 그와 딸의 교제를 수단과 방법을 가리지 않고 막았을 것이다.

"정호 아저씨에게도 결코 해가 되지 않는 일이니까요."

"그게 무슨 말인가?"

"사람들은 순간의 감정에 빠져서 제 발로 함정에 들어가곤 합니다. 들어가고 난 이후에는 후회해도 때는 늦습니다. 그러니 그 전에 스스로 자신의 감정을 경계해서 빠지지 않아야 한다고 전 생각합니다."

차기수는 현성이 당당한 이유를 그제야 알 수 있었다.

그는 이겨서 좋고, 김정호는 교훈을 얻어서 좋다.

요약하면 이 말이 아닌가.

"할 말을 잃게 만드는군."

그사이 김정호가 각오를 다지고 화장실에서 나왔다.

패배를 만회하기 위해 그가 자리에 앉았다.

하지만 두 번째 판은 성사되지 못했다.

여자들의 수다와 웃음소리가 멎은 주방에서 음식 장만이 다 되었기 때문이다.

"상도 씨, 거실에 상 펴주세요."

선화의 부름에 경상도가 냉큼 달려 나와 바보처럼 헤헤거리며 상을 펼쳤다.

선화가 부탁하는 일이라면 그게 무엇이든 마냥 좋은 이 남자다.

"선화 씨, 또 뭐 도와드릴까요?"

아름다운 여자는 게으른 남자조차 날뛰게 만든다.

차기수와 김정호가 상도를 보며 한마디씩 했다.

"쯧쯧, 다 한때지."

"그러게요. 그래도 저 때가 좋잖습니까? 어르신."

"그랬나? 까마득하군."

"하하. 저도 좀 까마득합니다."

오랜만에 식구들이 한데 모여 식사를 했다.

웃고 떠들고 그리고 서로를 걱정하고 배려한다.

안 좋은 이야기들은 알아서 피했다.

식사는 즐거워야 하니까.

"하하하."

"호호호."

"큭큭큭."

화기애애한 분위기 속에서 온갖 웃음을 피워내며 하루를 마감하는 현성네였다.

*   *   *

띠리리리릭.

깊은 밤 정적을 깨고 핸드폰이 소리 내어 운다.

전화를 기다리고 있었던 듯 남자는 벨이 두 번 울리기도 전에 핸드폰을 집어 통화 버튼을 눌렀다.

외출 준비를 한 채 앉아 있던 남자는 선우현성이었다.

―현장을 확인했습니다, 본부장님.

억세고 투박한 음성이 핸드폰에서 흘러나온다.

"말씀 편하게 하세요."

―제 상관 아닙니까. 공과 사는 분명히 하자는 게 제 신조입니다.

늦은 밤 현성에게 전화한 인물은 리경수였다.

"알겠습니다. 위치 영상을 보내주십시오."

현성이 전화를 끊자 곧 영상 문자가 도착했다.

이를 확인한 현성은 외투를 걸친 다음 제 방에서 자취를 감추었다.

제40장
한밤의 동요

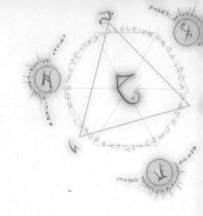

세상이 큰 변화를 겪었듯이, 그 세상 속에서 살아가는 자들의 삶 역시 변화했다.

최우선, 우선, 일반이란 거주 지역의 구분이 조금씩 틀이 잡혀가면서 사람들의 마음속에도 두껍고 높은 장벽이 세워졌다.

우선 지역과 인접한 일반 지역에는 언제부턴가 매춘을 전문으로 하며 여자와 술을 파는 곳이 생겨났다.

일반 지역의 근로 조건과 노동 강도는 다리 하나, 혹은 길 하나를 사이에 둔 우선 지역과 엄청난 차이를 보였다.

그러다 보니 젊은 여성들은 술집과 매춘의 늪에 빠져들었다.

아무리 노력해도 탈출구가 보이지 않는 그녀들에게 고수입이 보장된 매춘은 미래에 대한 해답처럼 여겨졌다.

불법 주점과 매음굴이 형성된 곳마다 이곳의 이권을 노린 폭력 조직이 기승을 부렸다.

살인, 폭력, 갈취로 인해 그들의 삶은 점점 최악으로 빠져들었다.

이 문제를 적극적으로 해결해야 할 정부와 지역 군경은 이를 모른 척했다.

아니, 보다 정확하게 말하면 상납의 검은 고리에 빠져들어 오히려 이들을 두둔하고 보호하는 데 앞장서는 형편이었다.

일반 지역에 거주하는 스킬러 장용수는 이십 대 후반 나이로 한 달에 5천만 포인트를 받고 있었다.

구화폐로 치면 5천만 원이다.

1년이면 6억. 하는 일에 비해 엄청난 보수를 받고 있는 장용수지만 늘 불평불만을 달고 살았다.

최우선 방호 지역으로 들어가기 위해서는 스킬러가 아닌 스킬러 나이트가 되어야 하기 때문이다.

하지만 아무리 노력해도 장용수는 빛의 발현조차 이루지 못했다.

처음엔 스킬러 나이트가 되어 조국과 민족을 위해 싸우는 영웅이 되어보겠노라고 다짐도 했지만 아무리 되뇌어도 그 다짐은 일주일도 가지 않았다.

"오셨습니까? 형님. 헤헤."

"금무성이, 잘 있었냐?"

장용수가 자주 이용하는 주점의 웨이터는 그보다 열다섯 살 위였지만 언제나 그에게 굽실거리며 형님이라 불렀다.

웨이터 금무성도 세상이 이 모양 이 꼴이 되기 전에는 잘나가는 벤처 사업가였다.

금무성과 같은 처지가 어디 한둘이겠느냐마는.

이런 금무성과 달리 이전 세상에서의 장용수는 열악한 환경의 지방 주물 공장에서 외국인 노동자들과 함께 2교대로 일하던 사람이었다.

웨이터 금무성의 입장에선 피눈물 나는 현실이었다.

"싱싱한 영계들로 어항 가득 채워놨습니다, 형님."

"마인드 장착은 확실하지?"

"물론입니다. 저, 금무성이 영혼을 걸고 약속할 수 있습니다. 헤헤."

십 대 후반에서 이십 대 초반의 젊은 여자들의 아찔한 서비스를 받으며 왕이라도 된 듯 신 나게 논 장용수는 두 명의 여종업원과 함께 모텔로 들어갔다.

많게는 일주일에 여섯 번, 적게는 두세 번씩 이곳을 찾는 장용수였다.

"꺄아아악."

"꺄르르르."

장용수의 변태적인 행위에 여자들은 수치와 혐오감을 느꼈지만 가족들의 생활을 책임지고 있는 그녀들이었기에 싫어도 내색 한 번 할 수 없었다.

음탕하고 질펀한 광란의 밤이 폭풍처럼 흘러갔다.

지쳐 나가떨어진 일남이녀는 침대 하나에 나체를 얹고 잠에 빠져들었다.

<u>스스스.</u>

객실 문을 열고 두 명의 남자가 들어온다.

실내를 가득 채운 담배 냄새와 음탕한 냄새는 찌든 때처럼 공기 중에 붙어 있었다.

한 남자가 품에서 핸드폰을 빼낸다.

화면을 켜자 장용수의 사진이 들어 있었다.

"저놈이군."

"팔자 좋네. 새끼."

"그것도 오늘로 쫑이잖아. 우리 눈에 띈 이상."

두 남자는 침대 중앙에 널브러진 장용수의 좌우에 있던 두 여자를 침대 밖으로 밀어낸 후 녀석을 움켜잡았다.

깜짝 놀라 깬 장용수가 미처 반항하기도 전에 한 남자가 그의 목에 고압주사기를 쐈다.

장용수는 물먹은 솜처럼 퍼진 채 깊은 잠에 빠져들었다.

녀석의 상태를 확인한 두 남자는 서로를 향해 피식 웃더니 객실에서 연기처럼 사라졌다.

공간 이동이었다.

*   *   *

얼마 전까지 일본은 지구촌에서 가장 재수 없는 국가로 사람들의 입방아에 오르내렸었다.

그들보다 큰 나라인 중국, 러시아, 미국, 캐나다, 호주에도 몬스터 게이트가 하나만 나타난 데 비해 일본엔 두 개의 몬스터 게이트가 나타났기 때문이다.

하지만 이들의 불행한 타이틀은 캐나다로 넘어갔다.

미국이 캐나다의 몬스터 게이트에 쏜 핵미사일이 지구촌 곳곳에 발생한 몬스터 게이트들을 모조리 흡수해 버렸기 때문이다.

이 일로 미국은 자국의 모든 군사력을 총동원했다.

해외에 파병한 군대와 외국에 주둔시킨 병력까지 모조리 불러들였다.

주한 미군, 주일 미군도 그렇게 빠져나갔다.

쿠리야마 히치로.

그는 유오찬이 소속된 비밀 국제조직의 조직원으로 활동하다가 현재는 일본 지부 소속으로 활동하고 있는 자였다.

그에겐 두 명의 형들이 있는데, 그들 모두 히치로와 같은 삶의 전철을 밟고 있었다.

쿠리야마 삼 형제는 일본 지부에서도 상당한 영향력을 가진 이들이었다.

"쿠리야마 씨, 어서 오십시오."

경호원을 대동한 노기찬이 쿠리야마를 맞이했다.

국내에 모습을 드러낸 쿠리야마 히치로. 그리고 그를 맞이하는 노기찬.

"일은 잘되어가고 있습니까? 노 상."

"하이. 물론입니다. 조만간 일한 동맹이 한국 정부에서 승인날 것입니다. 그보다 약은?"

약? 대체 무슨 소릴 지껄이는 걸까.

히치로가 손가락을 퉁기자 그의 뒤에 있던 검은 양복에 선글라스를 착용한 남자가 닌자처럼 신속히 다가와 은색 가방 두 개를 탁자 위에 올려놓았다.

가방을 열어 내용물을 확인한 노기찬의 얼굴에 화색이 감돈다.

"감사합니다, 쿠리야마 상."

"감사는 뭐, 그보다 얼마나 만들었습니까?"

노기찬을 향한 히치로의 태도는 정중했지만 그 눈빛은 천민을 바라보는 오만한 귀족을 연상시켰다.

눈치 없는 자라도 충분히 느낄 수 있는 눈빛이었다.

어찌 노기찬이 이를 모르겠는가. 알면서도 모른 척할 뿐이다.

"120명의 바이오 나이트를 완비했습니다."

히치로가 노기찬에게 건넨 것은 후이넘의 DNA를 베이스로 하여 만든 약품이었다.

바이오 증폭제.

이 약품은 선천적인 인간의 자질을 촉진시켜서 초인적인 힘을 얻도록 도와준다.

스킬러는 스킬러 나이트가 될 수 있으며, 일반인은 현성이 R구역에서 상대한 적 있던 이형의 괴물이 된다.

문제는 부작용이다.

이 약품의 복용은 이지의 상실과 육체의 변형을 가져온다.

바이오 스킬러 나이트가 되는 스킬러들은 일반인과 달리 육체의 변형은 없었다.

단지 이지만 상실될 뿐이었다.

"일본은 스킬러를 특별 관리 대상으로 엄격하게 관리하고 있는데, 한국 정부는 아닌가 보군요."

스킬러 나이트가 된 자들도 많지만 아직 스킬러인 자들 또한 많았다.

각국 정부는 이러한 연유로 스킬러 나이트 훈련소를 여전히 활성화하고 있었다.

한국 역시 예외가 아니었다.

쿠리야마 히치로가 어찌 이를 모르랴.

그럼에도 굳이 상대의 비위를 건드릴 수 있는 질문을 던진 이유는 한국 지부를 그가 신경 쓰고 있기 때문이다.

타 지부의 일에 간섭하지 마라!

이것이 히치로가 속한 조직의 유일한 규칙이었다.

아직 이를 어긴 지부는 단 한 군데도 없었다.

'한국 정부의 요청이니까 발뺌도 쉽지. 후후.'

조직의 강제 규칙도 정부 간 협상에서는 열외로 인정받는다.

먼 훗날, 혹은 가까운 장래에 지부가 곧 그 나라의 대표 정부가 될 것이다.

일본과 중국은 이미 가시적인 성과를 내고 있었다.

일본과 중국 지부의 뜻이 곧 정부의 입장이 된다.

양국의 정부는 이들의 대변인으로 전락한 상태였다.

문제는 자국민들의 인식까지 바꾸어놓아야 한다는 점이다.

그러나 이들은 걱정하지 않았다.

인류 공동의 적이 존재하고 있었기 때문이다.

후이넘!

"하하. 제가 좀 노력했습니다, 쿠리야마 상."

"노 상의 능력이란 말이군요. 역시 노 상은 믿음직한 파트너입니다. 앞으로도 우리는 노 상을 적극적으로 지원하겠습니다."

"감사합니다, 쿠리야마 상. 반드시 기대에 보답하겠습니다. 참, 쿠리야마 상을 위해 제가 조촐한 자리를 마련했습니다. 마음에 드실지 모르겠군요."

히치로는 빙긋 웃으며 그 자리를 감사하게 받았다.

노기찬이 히치로를 위해 마련한 자리에 있는 건 바로 자국의 젊은 여성들이었다.

처녀성을 잃지 않은 13세에서 18세 사이의 어린 소녀들.

쿠리야마 히치로는 변태적인 행위를 즐기는 롤리타콤플렉스를 갖고 있었다.

그리고 그의 변태적인 행위는 늘 소녀들의… 죽음으로 끝나고는 했다.

황홀한 밤을 보내다 잡혀온 장용수는 마취 상태에서 알 수
없는 약물을 강제 투입 받았다.

저항을 시도했지만 몸이 말을 듣지 않았다.

그래도 그에겐 육체를 대신할 힘이 있었다.

스킬러 고유의 능력인 염동력이다.

하지만 어찌 된 영문인지 그 힘조차 지금은 쓸 수 없었다.

정신만 말똥말똥하면 가능한 일인데 말이다.

'시… 시발 새끼들. 이것들 뭐야!'

공포에 질린 장용수의 눈빛이 점점 흐릿해진다.

그리고 그 눈빛은 곧 무채색으로 변한다.

"235번째 바이오 나이트의 완성이군."

장용수에게 약물을 투입한 백발의 노인이 히죽거리며 검은
매직으로 장용수의 가슴팍에 '235'를 적었다.

*　　　*　　　*

노기찬이 마련한 비밀 기지.

부산 외곽에 위치한 이곳은 한때 절이었지만 지금은 천인공
노할 짓이 자행되는 악의 소굴로 사용되고 있었다.

온화한 부처의 미소와 자비는 그 어디에서도 찾을 수 없는,
마굴로 전락한 절간.

스팟!

한 무리의 사람들이 절간 인근에서 유령처럼 그 모습을 속속 드러낸다.

"저곳입니다, 본부장님."

남한 사람들과는 억양이 사뭇 다른 남자가 고개를 돌리며 말했다.

구름 위를 노니는 검푸른 밤하늘의 초승달.

적막을 깨우는 음산하고 싸늘한 막바지 겨울바람.

절간을 바라보던 남자가 고개를 돌린다.

그는 선우현성이었다.

"생각했던 것보다 넓군요."

남다른 억양의 남자는 리경수였다.

그리고 두 사람을 보호하듯 선 채 주변을 감시하는 자들은 리경수와 함께 망명한 북한의 스킬러 나이트들이다.

북한… 그 이름은 더 이상 현실에 존재하지 않는다.

민족의 오점이자 악랄한 김씨 왕조는 여기 리경수의 손에 그 맥이 완전히 끊어져 버렸다.

그러나 역사는 리경수의 이름을 기록하지 않을 것이다.

"겉으로 드러난 것은 약과입니다. 우리가 파악한 전력보다 더 많을 수도 있습니다."

"섬멸 작전이 실패할 것 같습니까?"

두 사람이 대화하는 중에도 속속 등장하는 북한 출신 스킬러 나이트들. 그리고 인근에 매복 중이던 자들도 무전으로 이들과 합류하고 있었다.

현재 이곳엔 325명의 북한 출신 스킬러 나이트 중 250명이 요소요소에 배치되어 있다.

"그럴 리가요. 저희의 진가를 본부장님께 확실히 보여주겠습니다."

리경수가 힘주어 말한다.

그러자 그의 수하들도 두 눈에 힘을 꽉꽉 주며 자신들의 전의를 내보였다.

"배치가 완료되면 말해주십시오, 리 부장님."

"알겠습니다."

리경수가 측근들에게 지시를 내리자 섬멸 작전을 위한 본격적인 움직임이 가속화된다.

점검은 10분 만에 완료됐다.

신속하고 기민하다.

확실히 북한 최정예 스킬러 나이트로 불릴 만했다.

"노기찬은 이곳에서 1.5킬로미터 전방에 있습니다. 확인한 결과 신축 건물이 들어선 곳입니다. 이것이 건물 옥상 사진입니다."

공간 이동의 장점은 영상이나 혹은 사진만 있으면 그곳이 어디라도 갈 수 있다는 데 있다.

"리 부장님은 일단 이곳에서 대기해 주십시오."

"알겠습니다."

현성의 명령에 리경수는 토를 달지 않는다.

이는 그의 오랜 습관이기도 했다.

리경수는 무술에 능한 부하 넷을 선발해 놓았다.

현성은 이들과 함께 노기찬을 체포하는 일을 하기로 되어 있었다.

불과 바람과 염동력과 치유의 능력을 가진 네 명의 전사들의 특징은 한마디로 단정 지을 수 있었다.

단단하다!

사진을 다시 한 번 확인한 현성은 리경수가 직접 선발한 네 명의 전사들과 함께 그곳에서 홀연히 사라졌다.

스팟!

*　　　*　　　*

노기찬은 나체의 여자들과 어울려 음란함의 정점을 찍고 있었다.

그에게 이곳은 그만의 왕국이자 주춧돌이다.

그는 이 왕국을 기반으로 대한민국을 장악할 야망에 부풀어 있었다.

하지만 그는 전혀 알지 못했다.

사신이 제 머리 위에 서 있음을.

옥상의 강철 문이 안쪽에서 잠겨 있다.

꿈쩍도 하지 않는다.

현성과 함께 온 날카로운 인상의 남자가 앞으로 나서더니 광검을 생성하여 일검에 문을 잘라 안쪽으로 밀어 찼다.

염동력이 날아가는 문을 움켜잡아 살포시 콘크리트 바닥에 내려놓는다.

절간은 여전히 조용하다. 이곳도 역시 조용하다.

"수색하겠습니다."

네 명의 남자 중 하나가 말한다.

넷 중 나이가 가장 많고 흉터도 많은 남자였다.

남자는 마치 칼부림이 난무하는 전장에서 막 돌아온 듯했다.

현성은 말없이 고개만 끄덕인다.

이 남자를 따라 세 명의 남자가 동시에 몸을 날렸다.

뻥 뚫린 출입구로 들어가기 전 현성이 밤하늘을 올려다본다.

2월의 검푸른 밤하늘이 피를 갈구하는 듯하다.

잠시 제 손을 내려다본 현성은 이내 힘주어 주먹을 불끈 쥔다.

'쉽게 끝나길.'

나직이 빌어본다.

하지만 그의 직감은 그 바람이 결코 이루어지지 않을 것이라고 냉정하게 딱 잘라 말하고 있었다.

지금은 피를 흘릴 시간이라고 말이다.

현성을 따라온 네 명의 스킬러 나이트들은 강했다.

그들은 빨랐으며 인정사정도 없었다.

그들은 자신과 동료가 아닌 자들이 같은 하늘 아래 서 있는 걸 용납하지 않았다.

그들이 뚫어놓은 혈로를 현성은 담담한 발걸음으로 걸어가고 있었다.

현성은 자신이 점점 괴물이 되어가는 게 아닐까? 하는 생각을 했다.

하지만 괴물이 되지 않으면 이 시대에서 살아갈 수 없다.

저벅저벅.

바닥의 핏물이 질척인다.

복도와 계단과 그 아래층에서 들려오는, 뼈를 잘라내는 절삭 음이 섬뜩하다.

죽어가는 모든 것들은 이승에 자신의 흔적을 남긴다.

온전하게, 혹은 처참하게.

피 웅덩이에 쓰러진 두 시신이 바리케이드처럼 현성 앞에 버티고 있다.

두 시신의 특징은 머리통이 없다는 점이었다.

머리통을 찾아봐야 할까? 현성은 그럴 생각이 없었다.

어쩔 수 없이 현성은 시신을 밟고 넘어갔다.

바닥이 더 질척거린다.

옥상과 가장 가까운 두 개 층이 순식간에 피와 시체로 채워졌다.

아래층으로 내려가는 계단 입구에 두 명의 남자가 서 있다.

현성이 대동한 자들이다.

나머지 둘은 어디 갔을까? 찾을 필요가 없었다.

서걱.

살을 가르고 뼈를 자르는 절삭 음이 그들의 위치를 말해준다.

계단 입구에 서서 그를 기다렸던 두 남자는 현성이 잘 따라와 주자 아래층으로 미끄러지듯 내려갔다.

과묵하고 신속한 저들의 일처리를 접해 보니 저들을 천거한 리경수의 안목이 새삼스레 느껴졌다.

잠시 후, 절간의 분위기와 전혀 어울리지 않는 신(新)건축물의 중앙부까지 단숨에 길을 뚫은 네 명의 남자들이 한데 모였다.

그들이 양옆으로 비켜서자 두꺼운 고동색 문이 현성을 맞는다.

"여세요."

현성의 명이 떨어지자 문을 밀고 네 사람이 그 안으로 들어섰다.

이번엔 현성 역시 그 뒤를 바삐 쫓아 들어가며 문을 닫는다.

탁.

'피비린내.'

피 냄새가 코에 스며들어 둥지를 튼 것일까? 콧바람을 힘껏 토한 현성이 몸을 돌렸다.

그가 맡은 피 냄새는 지나오며 맡은 피 냄새가 아니었다.

넓고 호화로운 방 안에 네 명의 소녀들이 처참한 모습으로 제각기 버려져 있었다.

피와 살점이 덕지덕지 붙어 있는 채찍을 발아래 두고 천장에 매달린 소녀, 항문과 음부의 경계가 없는 소녀, 액자처럼 벽에 붙어 있는 소녀, 목에 검붉은 손자국이 난 소녀까지.

출혈 과다와 충격으로 소녀들은 모두 죽어 있었다.

끔찍한 만행을 저지른 것으로 추측되는 자는 뒹구는 술병 위에 엎어져 자고 있다.

현성의 눈빛이 몹시 차가워진다.

이 방에 살아 있는 자는 술에 절어 잠든 저 남자 하나뿐이다.

덥석, 홱.

현성을 수행한 자들은 이 상황에서도 담담했다.

이들을 놀라게 할 수 있는 건 이 세상에 없을 듯싶다.

그의 수행원 중 하나가 남자의 뒷머리를 움켜잡고 고개를 세웠다.

'노기찬이 아니군.'

잔인한 엽색가 쿠리야마 히치로.

외부의 충격이 히치로의 정신을 흔들어 깨운다.

앓는 소리를 내며 눈을 뜬 그를 향해 현성이 똑바로 걸어갔다.

히치로 앞에 선 현성은 자신의 광검을 생성했다.

현성이 만들어낸 자색의 광검은 하늘이 무너져도 놀라지 않을 것 같은 네 명의 수행원들을 놀라게 했다.

"네가 저들을 저리했나?"

"누, 누구냐? 누군데 감히!"

현성은 녀석이 한국인이 아니라는 사실을 알 수 있었다.

왜 이곳에 일본인이 있는 걸까? 아무래도 이곳의 주인 놈에게 물어볼 일이다.

서걱.

자색의 광검이 움직인다.

자광의 잔상을 따라 붉은 액체가 피어오른다.

"크아아아악!"

히치로의 입에서 쇠를 갈아대는 듯한 비명이 터졌다.

놈은 한 팔을 잃었다.

정신이 번쩍 든 히치로는 자신의 능력인 공간 이동을 사용하려 했다.

하지만 놈은 한 가지를 잊고 있었다.

1일 1회! 이 범주에서 자신의 능력이 벗어나지 못했다는 사실을 말이다.

녀석은 일본에서 이곳으로 오느라고 이미 한 번의 공간 이동을 사용했다.

"이… 이런 개 같은!"

이것이 히치로의 마지막 유언이었다.

빙글.

몸을 돌려세운 현성은 네 수행원들을 스쳐 복도로 나선다.

그의 뒤를 네 명의 수행원들이 쫓았다.

정면을 향해 걸어가며 현성이 한마디 한다.

"리 부장에게 신호하세요."

현성은 더 이상 수행원들을 앞장세우지 않았다.

그 자신이 직접 움직였다.

가로막는 모든 것을 단칼에 베어내면서.

*　　　*　　　*

살금살금.

민연이 현성의 방문을 열고 들어온다.

선화, 준희와 오랜만에 수다로 회포를 풀다 보니 자정을 훌쩍 넘기고 말았다.

깜빡 잠이 들었던 민연은 도둑 걸음으로 나와 제 방에서 몸을 씻은 다음 현성을 찾아왔다.

오늘 밤은 그와 함께 아침을 맞을 생각에서였다.

그런데 현성의 침대에는 누운 흔적이 없다.

의자만이 책상에서 뒤로 살짝 밀려나 있었다.

'어디 간 거지?'

넓은 집이다 보니 찾아볼 곳이 많다.

민연은 현성이 이 집 어딘가에 있을 것이라고 생각했다.

그리고 이 집에서 그가 가장 잘 가는 곳은 옥상.

하지만 그녀는 그곳에서도 현성을 발견할 수 없었다.

그뿐 아니라 집 어디에서도.

하아.

제 방으로 돌아온 민연은 휴대폰을 꺼내어 단축번호 '0'을 꾹 누른다.

그녀에게 선우현성은 부동의 영순위다.

*　　　　*　　　　*

현성의 휴대폰 벨 소리는 다른 이들과 달리 무척 건조하다.

하지만 단 한 사람, 민연의 전화만큼은 그의 휴대폰이 인식하여 특별한 벨 소리를 낸다.

그가 조작한 것이 아니라 민연이 현성 몰래 해놓은 것이었다.

깜짝 선물이라나.

휴대폰 벨 소리 하나로 나라가 망하는 것도 아니고 인류 평화가 깨지는 것도 아닌데 굳이 바꿀 필요가 있을까 싶어 현성은 민연의 선물을 내버려 두었다.

가끔 카리스마 상관의 체면이 깎이는 경우가 있었지만 이런 일에 신경 쓰는 성격도 아니기에 그는 개의치 않았다.

하지만 피가 뿜어지고 살과 뼈가 잘려 날아가는 끔찍한 전투 현장에서의 밝고 건전한 동요 벨 소리는…

하아.

현성마저 한숨 쉬게 한다.

사과 같은 내 얼굴~ 예쁘기도 하구나. 눈도 반짝 코도 반짝 입도 반짝반짝~

현성의 자광검이 벽을 가른다. 벽 뒤에 있던 자가 벽과 함께 양단된다.

서걱. 몸뚱이가 잘려 나가도 상대는 외마디 비명조차 지르지 않는다.

손가락 두 마디 굵기로 잘린 벽 틈에서 핏물이 콸콸 흘러나왔다. 벽을 타고 내려온 핏물이 대리석 바닥을 적신다.

콰아아앙.

두꺼운 오크 목 나무 문을 뻥 차고 들어간 현성은 나체의 노기찬을 볼 수 있었다.

현성의 네 수행원은 각자 흩어져 노기찬을 찾는 중이다.

운 좋게도 현성이 놈을 먼저 발견할 수 있었다.

"네, 네놈은!"

화들짝 놀란 표정으로 굳어 있던 노기찬은 갑자기 초인적인 힘을 발휘해 후다닥 뛰기 시작했다.

체면과 자존심은 지금 그에게서 찾아볼 수 없다.

잔뜩 겁먹은 초식동물만이 그 안에 있을 뿐이다.

이 방에서는 두 개의 문이 외부와 연결되어 있었다.

노기찬은 그중 하나로 뛰어들었다.

방 안을 훑어본 현성은 빠른 걸음으로 노기찬이 뛰어든 문을 향해 걸어갔다.

문은 열려 있었고, 그 문 너머엔 이지를 상실한 인간 전투병기 바이오들이 마네킹처럼 서 있었다.

바이오들의 무감각한 시선과 현성의 차가운 눈빛이 실타래처럼 허공에서 얽혀든다.

"죽여! 저놈을 죽여!"

분노와 공포가 혼재된 노기찬의 음성이 짧은 정적을 깼다.

스무 명의 바이오가 현성을 향해 달려들었다.

그들은 총구다. 주인이 위치를 정하고 방아쇠를 당기면 언제든지 달려 나가는 자들이 바로 바이오였다.

이들에겐 양심도 고통도 두려움도 없다.

주인이 던져 준 과제를 해결하는 것이 그들이 존재하는 이유의 전부였다.

30평 남짓한 실내에서 20대 1의 긴박한 생사대결이 펼쳐졌다.

21개의 광검이 먹구름 속에 몸을 숨긴 천둥처럼 으르렁댄다.

"죽여! 죽여! 저 새낄 죽여 버려!"

흥분한 노기찬이 재차 소리친다.

어차피 바이오들은 그의 명령대로 움직일 수밖에 없다.

그들에게 주어진 두 번째 삶은 시작과 끝이 명확하게 정해져 있기 때문이다.

바이오들이 노기찬의 명령 위에서 춤을 춘다.

죽음을 뿌리는 사신의 춤이다.

*오이 같은 내 얼굴~ 길기도 하구나. 눈도 길쭉 귀도 길쭉 코
도 길쭉길쭉~*

백광, 은광, 금광을 압도하는 현성의 신비로운 자광검.

그가 검력으로 상대를 밀어내고 발로 찬다. 뒤로 밀린 녀석
이 동료와 부딪쳐 멈칫하니 현성이 좌측으로 몸을 날려 적의
다리를 썩둑썩둑 자른다.

중심이 무너진 자들이 공격 시도를 하기도 전에 심장을 꿰
뚫고, 머리를 벤다.

역시나 비명은 없다.

피부와 근육이 두부처럼 뚫리고 갈라졌다. 그곳에서 피가
분수처럼 치솟는다.

뼈가 잘리고 부서지며 부러진 뼈가 부딪쳐 절그럭 절그럭댄
다.

완전히 죽지 않은 바이오들은 엉망이 된 그 몸을 하고서도
노기찬의 명령을 수행하기 위해 움직였다.

좀비가 따로 없다.

문제는 저 좀비들이 영화나 소설에서 다루는 시시한 좀비와
는 질적으로 다르다는 점이다.

현성의 광검도 위력적이지만 바이오들의 광검도 만만치 않
다.

특히나 좁은 실내에서 광검은 치명적인 흉기다. 서로가 서로의 몸을 베는 순간 끝장나는 것이다.

강화 철문조차 일검에 날려 버리는 강력한 무기 스물한 개가 좁은 실내에서 부딪치고 있으니 흉험함과 위험함을 어찌 말로 설명할 수 있으랴.

현성의 발아래 쓰러진 바이오 하나가 버둥거린다.

양팔을 잃은 녀석은 흉부까지 쩍 갈라져 있었다.

그 틈새로 녀석의 내장이 꿈틀거린다.

콰드드득.

현성의 발이 도끼처럼 그 틈새를 파고들었다.

심장이 으깨진 바이오는 그제야 잠잠해진다.

쉬핏!

은광검과 금광검이 현성을 향해 쇄도한다.

현성은 심장이 박살 나 죽은 바이오의 시신을 걷어 올려 놈들의 시야를 가렸다.

시신은 두 개의 광검에 맞아 형체를 알아볼 수 없을 만큼 훼손되어 허공으로 흩어졌다.

피가 안개처럼 넓게 퍼지고 육편이 폭탄의 파편처럼 튀어오른다.

이곳을 향해 현성은 주저하지 않고 몸을 날렸다.

두 개의 기척을 겨냥하여 현성이 자신의 광검을 휘두르자 두 개의 심장이 수평으로 베어져 미끄러진다.

주르르.

철퍽, 철퍽.

"히끅!"

기함한 노기찬이 연방 마른 딸꾹질을 터뜨린다.

그는 눈앞에서 펼쳐지고 있는 장면을 도저히 믿기 힘들었다.

비현실.

'이것은 현실적으로 불가능한 일이다!' 라고 그는 소리쳤다.

그 소리는 녀석의 딸꾹질로 튀어나왔다.

히끅, 히끅, 히끅.

미끄러운 바닥을 현성은 효과적으로 이용하고 있었다.

상체를 꽈배기처럼 비튼 상태에서 옆으로 몸의 중심을 기울이며 미끄럼을 탄다.

하나의 광검이 손가락 두 마디 거리를 좁히지 못해 그를 빗나간다.

다른 하나의 광검은 비스듬하게 그의 상체를 타고 위로 올라간다.

마치 그의 몸과 광검 사이에 서로를 밀어내는 힘이 작용하는 것 같다.

빙글.

양 발목의 힘을 이용하여 몸을 돌린 현성은 등을 보인 두 바이오의 뒤통수를 수평으로 베어버렸다.

이들의 몸이 기우뚱하자 머리통 위쪽이 아래로 주르르 미끄러진다.

현성의 뒷전에서 세 개의 광검이 그를 향해 날아들었다.

세 개의 광검은 현성의 뒤쪽 머리통, 가슴과 배의 경계선인 명치 뒤쪽의 척추, 그리고 양 무릎 오금을 노리고 있었다.

엇비슷한 속도로 날아든 세 개의 광검이 현성의 몸을 토막 낼 것 같다.

노기찬의 얼굴에 순간 환희와 안도가 만개했다.

'이겼다!'

승리를 축하하는 샴페인이 노기찬의 가슴속에서 뻥 하고 터진다.

활처럼 굽어 있던 현성의 다리가 그 순간 쫙 펴지더니 그가 뒷전으로 몸을 날렸다.

세 개의 광검은 허공만을 찌르고 베었다.

바이오들의 머리 위에서 몸을 튼 현성은 광검을 휘두른다.

상체 측면이 반으로, 얼굴 측면이 반으로 잘린 세 바이오의 몸뚱이가 피 웅덩이를 때린다.

철썩.

바닥에 착지한 현성은 360도 회전하며 광검을 뿌렸다.

텅텅텅텅!

자신을 향해 날아오던 바이오들의 광검을 일제히 쳐낸 현성이 제일 먼저 날아온 광검의 주인을 향해 득달같이 달려들었다.

바이오의 얼굴을 어깨로 힘껏 들이박은 그는 놈의 몸을 타고 빙글 돈 다음 무릎으로 밀어버렸다.

전방으로 밀려 나간 놈의 몸 위로 광검이 소낙비처럼 떨어진다.

놈의 몸뚱이는 순식간에 세 개로 분리되어 흩어졌다.

허점은 늘 공격 후에 드러난다.

현성은 드러난 허점을 향해 자신의 광검을 정확하게 뿌린다.

두 명의 바이오가 그의 검에 몸이 부서진다.

재차 공격을 시도하던 나머지 하나는 현성의 배후를 노리고 달려들던 제 동료의 광검에 가슴이 찔렸다.

가슴을 찔린 녀석은 동료가 검을 살짝 이동하자 상체의 반이 갈라진 참혹한 모습으로 무너져 내렸다.

빙글.

중심을 낮춰 후방 공격을 피한 현성은 몸을 일으키는 것과 동시에 자신의 배후를 노렸던 바이오의 목을 날려 버렸다.

'마, 말도 안 돼! 저… 저럴 수는 없어!'

승리의 샴페인을 터뜨렸던 노기찬은 거대한 절망감에 몸을 떨었다.

선우현성. 저자는 살인 기계다.

인간이 어떻게 저럴 수 있단 말인가.

주춤주춤.

호박 같은 내 얼굴~ 우습기도 하구나. 눈도 둥글 귀도 둥글 입도 둥글둥글~

동요 한 곡이 끝났다.

현성과 20명의 바이오가 벌인 20대 1의 흉험하고 긴박했던
전투 역시 서서히 마무리되어 가고 있었다.

선우현성이란 사내의 승리로.

…*반짝 코도 반짝 입도 반짝반짝~ 오이 같은 내 얼굴 길기도*
하구나. 눈도…….

저벅저벅.

전투 능력을 상실하고 쓰러진 바이오들을 처리하며 현성이
노기찬을 향해 걸어간다.

…*길쭉 귀도 길쭉 코도 길쭉길쭉……*.

부들부들.

노기찬은 벽 속으로 제 몸을 밀어 넣어본다.

죽을힘을 다해서.

하지만 소용없다.

벽은 놈을 받아들이지 않았다.

다시 휴대폰 벨이 처음부터 노래하기 시작했다.

사과 같은 내 얼굴~ 예쁘기도 하구나. 눈도 반짝 코도 반짝
입도 반짝반짝…….

노기찬은 단 한 번도 생각해 보지 않았다.

어린아이들을 위해 만들어진 동요가 실은 세상에서 가장 공포스러운 장면의 배경 음으로 안성맞춤이란 사실을.

벽에 찰싹 붙어 공처럼 몸을 웅크린 노기찬의 보잘것없는 육신은 이 순간 걷잡을 수 없이 떨리고 있었다.

놈의 머릿속은 하얗게 타들어가 이제 재만 풀풀 날릴 뿐이었다.

바위처럼 단단한 현성의 눈빛이 노기찬의 육신에 떨어진다.

놈을 살려서 데려갈 것인지, 아니면 이 자리에서 깨끗하게 죽여줄 것인지 잠시 그는 고민한다.

오이 같은 내 얼굴~ 길기도 하구나……

현성이 안주머니로 손을 밀어 넣는다.

핏물에 젖은 손이 자꾸만 미끄덩거린다.

손을 빼낸 현성은 이를 피에 젖은 옷자락에 슥슥 닦았다.

도살장에 끌려 나온 어린 양처럼 몸이 굳어버린 노기찬은 제 숨마저 죽인 채 여전히 벽에 붙어 웅크리고 있었다.

현성은 몸을 돌려세웠다.

그러곤 뒤를 돌아보지도 않고 자신의 광검을 휘둘렀다.

노기찬의 웅크린 몸뚱이가 사선으로 갈라진다.

외마디 비명조차 없이 노기찬의 생명이 훅 꺼져 버린다.

저벅저벅.

현성이 통화 버튼을 눌렀다.

근성을 발휘했던 민연의 음성이 핸드폰에서 흘러나온다.

—현성 씨, 어디야?

"밖."

—뭐야, 산책 중이었어?

시체와 피가 깔린 바닥을 그는 여전히 걷는다.

느긋하고 한가로운 기분으로 걷는 게 아니다. 그러니 산책이라고 말할 수 없다.

하지만 그에게 산책이란 걷는 행위 자체이기도 하다.

그러니 산책도 그의 관점에선 틀린 말이 아니었다.

진실한 남자. 그의 이름은 선우현성이었다.

"응."

—칫, 나랑 같이 가지.

이곳을 보고도 그녀가 이런 말을 할 수 있을까? 산책을 멈춘 현성이 뒤돌아서서 장내를 둘러본다.

끔찍하고 엽기적인 현장이다.

하아.

나직한 한숨을 불어내며 현성은 산책을 계속했다.

이번엔 건물 밖을 향해서.

"먼저 자."

—싫어. 현성 씨 올 때까지 안 자고 민연인 기다릴 꼬야.

잠시 현성은 침묵한다.

민연의 애교에 그만 걷잡을 수 없는 웃음이 터질 뻔했다.

다시 한 번 한숨을 불어내는 현성이다.

'나도… 흥분했었나 보군.'

—왜 대답이 없어? 현성 씨.

"미안. 늦을지도 몰라."

—산책을 밤새 하는 사람이 어디 있어? 나, 기다릴 거야. 그리고 최대한 빨리 와. 빨리 오면 올수록 멋진 선물을 더 일찍 볼 수 있을 거야. 약속해.

제발 동요만 아니길.

현성은 민연이 자신을 앞에 세워두고 밤새 동요를 불러줄지도 모른다는 생각을 했다. 아니, 상상해 버렸다.

가끔 그녀의 멘탈은 4차원을 달리기도 한다.

"노력할게."

—사랑해, 현성 씨.

"……"

절간 곳곳에선 리경수가 이끄는 스킬러 나이트와 바이오들의 싸움이 한창이었다.

전화를 끊은 현성은 곧 이 전투에 참여했다.

그를 수행하는 네 명의 수행원들과 함께.

*　　　*　　　*

철컥, 철컥, 쾅쾅.

노기찬의 야망이 만든 왕국이 부서지고 무너진다.

무력하게 꿈속을 헤매고 있던 장용수는 누군가 자신을 꽉 잡는 느낌을 받았다.

아래로, 아래로 끝없이 추락하던 장용수의 의식은 등대를 발견한 배처럼 그쪽을 향해 움직였다.

꽤 오랫동안 장용수는 눈에 초점을 만드는 일에 혼신을 다하고 있었다. 정신을 차리기 위해 그는 최선의 노력을 기울인다.

태어나서 오늘처럼 한 가지 일에 몰두하는 건 처음인 장용수였다.

"…일반 지역에 거주하는 스킬러입니다. 이름은 장용수, 나이 29세, 스킬러 능력은 염동력입니다. 바이오 증폭제가 이미 투여됐습니다. 본부장 동무… 아니, 본부장님."

리경수의 목소리가 장용수의 귓가에선 메아리처럼 흐릿했다.

대체 무슨 말을 하는 걸까? 크게 일어나던 의구심은 곧 거품처럼 꺼져 버리고 만다.

"다른 이들은 어떻습니까? 리 부장님."

"이자와 마찬가지 상황입니다. 좀 더 지켜봐야겠지만 이곳 실험실 책임자의 말로는 정상적인 모습으로 돌아오기는 어렵다고 합니다. 개인차가 있다고는 합니다만."

냉동 동태를 닮은 눈의 장용수를 내려다보던 현성이 감금실을 등지고 나섰다.

그 뒤를 리경수가 따른다.

곳곳에 서 있던 북한 출신 스킬러 나이트들은 현성이 제 앞을 지나가자 일제히 정중한 경의를 표했다.

이는 이전과는 사뭇 다른 태도였다.

*   *   *

노기찬의 왕국을 섬멸한 현성은 동틀 무렵에야 귀가했다.

그의 침대에는 속이 훤히 비치는 짧은 망사 시스루 차림으로 민연이 잠들어 있었다.

선정적이고 도발적인 그 자태가 아찔하다.

그녀가 준비한 선물은 그녀 자신이었나 보다.

현성은 조심조심 그녀 옆에 누워 그녀의 얼굴을 바라본다.

그녀는 지금 무슨 꿈을 꾸고 있을까? 그 속에 혹시 자신이 있는 걸까? 늦게 온 자신을 그곳에서 괴롭히고 있지는 않을까? 그녀라면 충분히 그럴 수 있을 것이다.

피식.

몸이 무겁다.

눈도 뻑뻑하다.

육체는 잠을 간절히 원하는데 정신은 지나치게 가볍고 맑다.

민연의 몸 내음이 따뜻하고 달콤하다.

그녀의 손을 현성의 손이 덮는다.

보드랍다.

뼈가 없는 연체동물 같다.

문득 선잠이 들었던 민연이 깨어나 커다란 두 눈을 깜빡였다.

"언제 왔어?"

"방금."

민연이 몸을 일으키려 한다.

현성이 그녀의 팔을 잡아 눕혔다.

창을 뚫고 들어온 여명이 남녀의 몸을 더듬는다.

"해 뜬 거야?"

"응."

"산책 너무 오래 한 거 알지?"

민연의 두 눈이 새치름해진다.

그녀의 그 눈빛은 오래가지 않았다.

현성의 상체와 팔 사이로 손을 밀어 넣은 민연이 그의 몸을 꼭 끌어안는다.

그의 가슴에 얼굴을 묻은 민연이 나른한 목소리를 냈다.

온기를 머금은 민연의 날씬한 동체는 현성의 몸과 밀착된다.

현성은 그녀의 몸을 제 몸으로 바짝 끌어당겼다.

이제야 집에 온 기분이다.

그녀의 숨결이 현성의 피로를 녹인다.

생기발랄한 현성의 머릿속도 그제야 늘어지고 나른해졌다.

잠이 온다.

이대로 민연을 끌어안고 한숨 푹 잤으면 싶다.

"미안해."

"이대로 잘래?"

"그랬으면 좋겠어."

"여명을 쏴버릴까? 킥킥."

그녀의 우스갯소리엔 진한 아쉬움이 깊이 담겨 있다.

민연의 손톱이 현성의 상체를 부드럽게 긁고 지나간다.

몸의 세포가 화들짝 놀라 벌떡 일어선다.

일어선 것은 비단 세포만이 아니다.

"아침이라서 그래."

"누가 뭐래? 그런데 너무 찌른다."

민연의 얼굴은 여명보다 더 붉어진다.

그럼에도 제 할 말을 다하는 그녀의 태도에 현성은 빙그레 웃는다.

그 웃음이 햇살을 머금은 이슬보다 맑게 빛난다.

제 정수리에서 웃고 있는 그의 얼굴을 민연이 보았다면 아주 많이 신기해했을 것이다.

"애국가 불러줄래?"

"그걸로 되겠어?"

두 눈을 내리감은 남녀에게서 감미롭고 끈적끈적한 대화가 오간다.

"엉큼하군."

"자기 몸이 더 엉큼하잖아."

　민연의 손이 현성의 바지 속으로 들어가더니 그 엉덩이를 긁고 조물조물거린다.

"그 손이 더 엉큼한데?"

"하지 마?"

"졸린데. 이대로 잤음 싶어."

　짓궂게 움직이던 민연의 손이 멈췄다.

"그래, 그냥 자자."

"고마워."

"대신 오늘뿐이야."

"응."

　남녀는 서로 깊이 끌어안고 잠 속으로 빠져들었다.

　현실에서 못다 한 사랑, 꿈속에서 나누기 위해서.

제41장

진실의 콜로세움

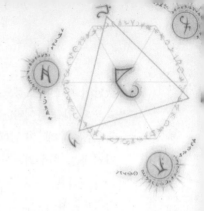

"선화야, 민연인 아직 한밤중이야?"

2층 계단을 밟고 내려오는 선화를 향해 준희가 소리쳤다.

"쉿!"

"왜?"

"자고 있어."

"지금이 몇 신데? 음… 혼자는 아니군. 그렇지?"

선화의 표정에서 뭔가를 눈치챈 준희는 두 눈을 가늘게 뜨며 나직하게 물었다.

선화의 양 볼이 붉어진다.

끄덕끄덕.

"소문낼까?"

장난기 가득한 표정으로 준희가 말하자 후다닥 내려온 선화가 그녀의 입을 틀어막는다.

"좀 조용히 해. 이 집엔 미성년자도 있어."

기지개를 켜며 희연이 나오다 딱 붙어 있는 선화와 준희를 멍하니 쳐다본다.

"희연이, 하이."

"…아, 예… 음, 저기 뭐 하시는 건지?"

희연의 얼굴이 갑자기 확 붉어진다.

준희를 밀쳐 내며 선화가 헛기침을 했다.

"아냐, 배고프지?"

"아뇨."

고개를 갸웃거리며 두 사람을 빤히 쳐다보던 희연은 내심 도리질을 친다.

'에이, 설마. 선화 언니는 지하도 있는데.'

개인의 취향을 탓하고 비난할 마음은 희연에게 없었다.

사람은 누구나 자신이 원하는 대로 살아가는 법이니까.

그게 동성애라도.

한 명씩, 한 명씩 이 집 안의 식구들이 거실로 모여든다.

이른 아침부터 약수터에 갔던 차기수도 현관문을 열고 들어왔다.

그의 옆에는 김정호와 그의 아들 민호가 물통을 들고 서 있었다.

화목한 삼대를 보는 듯하다.

조용한 밤이 지나자 현성네는 다시 한 번 시끌벅적해진다.

현성과 민연이 보이지 않자 식구들이 그를 깨워야 하는 것 아니냐고 말한다.

선화의 눈짓을 받은 준희가 깨우러 가겠다고 자청했다.

어색한 태도로.

"제가 갈게요, 준희 언니."

현성을 깨우는 일은 늘 아연의 몫이었다.

현성에게 아름답고 성숙한 여자 친구가 생겼고 그로 인해 마음이 몹시 아팠지만 그에 대한 그녀의 미련은 이 소소한 일상을 여전히 붙잡게 만들었다.

"아냐, 내가 할게."

다른 사람은 몰라도 아연에게만큼은 현성과 민연이 함께 있는 장면을 보여줘선 안 된다.

그녀가 현성을 여자의 마음으로 좋아하는 것을 알고 있기 때문이다.

어찌 보면 이 집에서 가장 괴로운 사람은 아연일 것이다.

좋아하는 남자가 자신이 아닌 다른 사람을 바라보고 있으니 어찌 괴롭지 않겠는가.

준희는 아연에게 틈을 주지 않고 2층 계단을 타고 올라가 버렸다.

'오늘따라 이상하네. 준희 언니?'

희연이 내심 중얼거린다.

준희의 행동이 평소와 달랐기 때문이다.

씁쓸한 표정으로 고갤 돌리는 아연이 희연의 눈에 들어온다.

번개처럼 뭔가가 희연의 뇌리를 스쳤다.

선화와 준희의 스킨십, 평소와 너무 다른 준희의 태도.

그렇다면…

매의 눈으로 희연이 선화를 쳐다본다.

희연과 눈이 마주친 선화는 부리나케 주방으로 달아나 버린다.

그제야 희연은 느낄 수 있었다.

밤사이 서로의 애정을 확인하는 남녀의 그렇고 그런 행위가 위층에서 이루어졌다는 것을 직감한 것이다.

희연의 표정이 무겁게 가라앉는다.

아연이 주방으로 걸어간다.

평소와 다름없는 언니의 모습이다.

하지만 희연은 볼 수 있었다.

그녀가 지금 주먹을 꾹 움켜쥐고 있다는 것을. 그것도 떨리는 주먹을.

'이대로… 괜찮은 걸까?'

희연은 제 언니를 위해 뭔가를 결정하지 않으면 안 될 것 같았다.

사람들의 얼굴이, 아니, 식구들의 얼굴이 희연의 망막에 저린 느낌으로 투영된다.

*   *   *

유오찬은 노기찬의 비밀 기지를 전소시킨 한편 그가 비밀리에 추진했던 한일 동맹 역시 정현수 총재를 압박하여 백지화시켰다.

그리고 정현수 총재를 향해 강력한 경고를 남겼다. 방자한 개는 식탁에 오르는 법이다.

하룻밤 새 노기찬이 증발했지만 정현수는 그를 찾지 않았다.

처음부터 자신의 인생에 아예 없었던 자로 취급했었다.

그렇게 그 일은 마무리되는 듯싶었다.

적어도 한국에선.

일본 내, 쿠리야마 가문.

쿠리야마가에 긴장감이 흐른다.

집안의 막내인 히치로와 연락이 두절됐기 때문이다.

"형님, 노기찬은 물론 그의 기지까지 모조리 전소된 걸 확인했습니다."

둘째 이노우에가 노기찬의 비밀 기지를 다녀와서 그의 큰형 나카무라에게 보고한다.

쿠리야마가는 일본 지부와 상관없이 독자적으로 한반도 진출을 도모했다.

이들의 인적 교두보가 바로 노기찬이었고, 그 일을 전담한 이가 쿠리야마가의 막내, 히치로였다.

나직한 신음이 나카무라의 입술을 비집고 새어 나온다.

"한국 정부의 짓이냐?"

"그들이 움직였다면 사전에 저희에게 포착됐을 겁니다. 아니, 그 전에 노기찬이 차단했겠지요."

"그렇다면 한국 지부?"

"그것도 아닌 것 같습니다."

"이놈도, 저놈도 아니라면 대체 누구 짓이란 말이냐? 혹시 중국이냐?"

한국 정부나 지부쯤은 무시할 수 있다.

하지만 이 일에 중국이 개입한 것이라면 쉽게 풀어나갈 수 없는 일이다.

최악의 경우 히치로를 포기해야 할지도 모른다.

쿠리야마 나카무라는 이 점을 깊이 우려하고 있었다.

"북한 내 후이넘이 멸살된다면 모를까 되놈들이 움직일 이유가 없습니다. 그러한 기미도 없었고요. 남한으로 망명한 북한 스킬러 나이트 대부분이 며칠간 사라진 일이 있었습니다. 제 생각엔 놈들 짓이 아닐까 의심됩니다."

"그럼 한국 지부가 움직였단 말이 아니라는 그런 뜻이냐? 그렇담 유오찬, 그자가!"

나카무라의 두 눈에 살기가 피어오른다.

애초 한국엔 조직의 지부가 들어설 계획이 없었다.

한반도는 일본 지부로 편입될 예정이었다.

이 일을 위해 쿠리야마가는 수단과 방법을 가리지 않고 로

비에 총력을 기울였다.

결과는 그들이 원하는 대로 흘러가고 있었다. 마지막 순간 유오찬이 히든카드를 쥐고 끼어들기 전까지는.

그 일만 성공했다면 쿠리야마가의 위상은 일본 지부의 정점에 서 있었을 터였다.

그러니 유오찬을 향한 쿠리야마 가문의 원한은 자연 높을 수밖에 없었다.

"그는 북한에서 후이님을 상대하고 있었습니다. 비선을 통해 확인한 결과 전선을 떠난 적도, 후방과 연락한 사실도 없었습니다."

동생 이노우에의 말에 나카무라의 검미가 꿈틀댄다.

이도 아니고 저도 아니면 대체 뭐란 말인가.

"망명자들이 독자적으로 움직였단 말이냐, 네 말은?"

"형님, 북한 망명자들이 소속된 곳이 있지 않습니까?"

"소속?"

금시초문이라는 듯 나카무라가 고개를 갸웃하자 이노우에가 나직이 한숨을 내쉬며 설명한다.

"유오찬은 출군 전, 내부 반발을 무시하고 망명자들을 특구 자치대에 편입시켰습니다. 망명자들에 대한 지휘권은 현재 특구 자치대의 수장이 갖고 있습니다. 공식적으로 특구는 한국 정부도, 유오찬도 간섭할 수 없는 치외법권 지대입니다."

"나나세 에리카가 영입에 실패한 그 인물 말이군. 스킬러 최초인. 그자의 이름이 선우현성이라고 했던가?"

"예, 형님."

"특구면 유오찬의 힘의 근원이나 다름없어. 그곳을 선우현성이란 자에게 맡겼다는 것은 그자가 유오찬의 수하란 뜻이 아니냐?"

나카무라의 추리에 이노우에 역시 동의했다.

하지만 이 문제를 확대해 봐야 피해는 가문의 몫이었다.

일본 지부 내에서도 쿠리야마의 약진을 못마땅하게 여기는 자들이 두 눈을 시퍼렇게 뜨고 있었다.

성공도 아니고 실패한 사실이 그들에게 알려진다면 가문의 명예는 또다시 실추한다.

이를 알기에 이노우에는 적당한 선에서 일을 마무리 짓길 원했다.

최악의 경우 히치로가 살해당했더라도.

"형님, 유오찬은 한국 지부의 수장입니다. 그런 자를 이 일에 결부시켜선 가문에 도움이 되지 않습니다."

"하아, 정말 눈엣가시 같은 놈이야. 가시! 이노우에."

"예, 형님."

"일단 히치로의 신병을 확보해라."

나카무라는 자신의 막냇동생이 벌써 망자가 되어 구천을 떠돌고 있다고는 전혀 생각하지 못했다.

거대한 폭풍이 일본에서 태동하고 있었다.

*　　　*　　　*

바이오로 전락한 장용수 외 73명.

현성은 이들을 유오찬에게 넘겨주었다.

유오찬은 그들을 전장의 선봉에 투입했다.

이지를 상실한 그들은 제 몸을 돌보지 않고 전장에서 맹활약했지만 상황 대처 능력의 부재로 전멸의 비운을 맞았다.

이런 말이 있다. 바이오 열 명보다 온전한 정신의 스킬러 나이트 한 명이 더 낫다는.

바이오 증폭제 사용 금지의 배경은 바로 여기에서 찾아볼 수 있다.

스킬러는 태어나지 않는다.

이 의미를 깊이, 신중하게 생각해야 한다.

사실상의 남북통일을 이룬 한반도는 북한 내에 남아 있는 후이넘을 소탕하는 데 전력을 다하고 있었다.

대후이넘 전투의 전술은 간단했다.

적의 위치를 파악, 폭격과 포격이 유리한 곳으로 놈들을 유인한 뒤 한바탕 두들겨 준 다음, 스킬러 나이트가 투입되어 전장을 정리하는 순서다.

하지만 소수로 흩어진 후이넘은 폭격과 포격의 지원 없이 스킬러 나이트가 직접 상대할 수밖에 없었다.

한바탕 격전을 치른 유오찬은 본대로 복귀하여 지친 몸을 안마로 녹이고 있었다.

그때 유오찬의 오랜 동료이자 최측근인 박현숙이 연락도 없이 불쑥 그를 찾아왔다.

"음, 모두 나가. 거기 앉아. 뭐 마실래?"

"아니, 됐어. 피곤해 보이네."

"조금. 그런데 무슨 일이야? 연락도 없이."

"사안이 중요해서 직접 오빠 찾아왔어."

박현숙의 태도에 자세를 고쳐 잡은 유오찬이 눈빛으로 말을
채근한다.

이를 알아차린 현숙이 바로 본론으로 들어갔다.

"쿠리야마 히치로가 국내에서 실종됐어. 알고 있어?"

"쿠리야마가의 그 변태 말이냐?"

"맞아."

오찬이 현숙의 표정을 새삼스럽게 바라본다.

뭔가 심각한 문제가 발생했다는 느낌을 머릿속에서 지울 수
없다.

대체 무슨 일일까.

"설마 우리와 관계된 일이야?"

"그런 것 같아."

박현숙의 애매모호한 대답에 유오찬이 눈살을 찌푸린다.

"그런 것 같다니. 그게 무슨 뜻이야?"

불길한 예감이 유오찬을 쥐고 뒤흔든다.

'그곳에 일본인들이 있었다고 했는데… 설마 히치로, 그 녀
석이!'

안 좋은 예감은 늘 딱딱 들어맞는다.

유오찬은 자신의 예감이 틀리기를 바랐다.

하지만 그 바람이 한낱 바람으로 머물리라는 것은 누구보다 그 자신이 잘 알고 있었다.

노기찬의 비밀 근거지에서 발견된 일본인들. 그중 하나가 쿠리야마 히치로일 공산이 높다.

그곳을 잿더미로 만든 일이 잘됐단 생각이 든다.

이쪽이 강력하게 잡아떼면 놈들도 어쩌지는 못하리라.

그런데 과연 그 악착같은 놈들이 곱게 물러설까.

그렇다보단 아니라는 쪽으로 마음의 추가 기운다.

"쿠리야마 측에서 수색 협조를 요청해 왔어."

"지부에?"

"아니, 정부에 정식으로 요청했어."

"현숙아."

"응."

"인력을 총동원해서라도 놈들의 동태를 주시해."

"혹시 특본의 그 작전과 관련된 거 아냐?"

현숙의 질문에 유오찬은 한참 동안 입을 꾹 다물었다.

그의 침묵에 현숙은 질식할 것만 같았다.

숨이 꼴깍 넘어가기 직전에서야 유오찬이 무거운 침묵을 깼다.

"신원 불명의 일본인 몇이 작전에 휩쓸려 사망했다."

"그런 내용은 없었잖아."

현숙의 목소리가 날카로워진다.

"내 임의로 삭제했다."

"최악… 이군."

이 상황을 어떻게 받아들여야 할지, 그리고 어떤 방식으로 헤쳐 나가야 할지 현숙은 감조차 잡을 수 없었다.

복잡한 심경을 고스란히 드러낸 현숙의 표정이 안쓰럽다.

"이미 벌어진 일이다. 히치로가 특본 작전 중에 사망했더라도 그들은 이 일을 위원회에 제소할 수 없어."

"그건 나도 알아. 내가 걱정하는 건 그자들이 오빠 암살할지도 모른다는 거야. 예전보다 더 치밀하고 강력한 수단을 동원해서라도 놈들은 보복을 멈추지 않을 거야."

현숙의 목소리는 격앙되어 있었다.

아니, 두려움에 떨리고 있었다.

오찬은 그녀의 어깨를 다독이며 말했다.

"뭐, 할 수 없지. 감수할 수밖에."

"뭘 감수한다는 거지? 어떻게 그런 말을 아무렇지도 않게 할 수 있는 거지? 내가 막을 거야. 놈들과 타협하겠어."

현숙이 언급한 타협이 무엇을 뜻하는지 오찬은 알아차렸다.

오찬의 표정이 차갑게 굳는다.

"난 하고 싶은 일이 많다. 그래서 단명은 사절이야. 하지만 나 하나 살자고 전우를 팔아먹을 생각은 없다. 그건… 한 번이면 족하다."

두 사람이 평생을 짊어지고 갈 마음의 상처가 이 순간 벌어진다.

무엇으로도 해소할 수 없는 뜨거움이 그 상처에서 꾸역꾸역 밀려 나온다.

고개를 휙 돌린 현숙이 목소리에 힘을 주어 또박또박 말했다.

하지만 이 말을 토해내는 그녀의 모습은 무척이나 힘들어 보인다.

"그 아이 일은… 잊어버려. 언니인 나도 잊었어."

"미… 미안하다, 현지 일은."

"됐어. 그만해. 다 지난 일이야. 현지도 오빠의 결정에 찬성했어. 그 아이… 지하에서도 오빨 원망하지 않을 거야. 그러니까 더 이상 그 일에 연연하지 마."

한국 지부의 탄생 배경엔 한 여자의 슬픈 희생이 있었다.

유오찬에게 그 일은 가슴에 박힌 차가운 비수였다.

평생을 안고 살아가야 할 시린 통증이었다.

"현숙아……."

"이번 일은 내가 알아서 처리해. 오빤 이 일에 간섭하지 마. 현지를 기억하고 있다면 내 뜻을 꺾지 마. 부탁이야."

"현숙아!"

현숙은 뒤돌아보지 않고 그의 방을 곧장 나가 버렸다.

타악!

문이 닫힌다.

털썩.

유오찬의 표정은 자책감과 깊은 괴로움, 그리고 슬픔을 향해 침몰한다.

누군가의 몫까지 행복하게 살아가는 일은 생각보다 쉽지 않았다.

인생을 필사적으로 살아간다 해도 어느 한순간 그토록 멀리하려고 노력했던 텅 빈 시간이 불쑥 찾아든다.

그 구멍에선 걷잡을 수 없는 뜨거움이 올라와 마음을 무겁게 짓누르며 숨통을 조이곤 했다.

쉰다는 게, 휴식이란 게 그래서 더 견디기 힘들던 오찬이었다.

자신의 위선은 무시할 수도 있고 변명할 수도 있었지만 마음에 짊어지고 있는 또 한 사람이 자신으로 인해 위선자가 되게 할 수는 없었다.

'내 마음은 점점… 작아지는 것 같군.'

휘청이다 자리에 주저앉은 오찬이 다시 일어난다.

어딘가에 던져 둔 핸드폰을 찾아 그의 손이 어지럽게 움직인다.

*　　*　　*

"들어가십시오."

특본 정문 경비원들의 인사를 뒤로한 현성이 집으로 발걸음을 옮긴다.

공간 이동에 익숙해진 탓에 목적지를 향하는 그의 방법은 늘 빠르고 정확한 스킬러 능력의 사용이었다.

여기에 길들다 보니 딱히 꼬집어 말할 수 없는 뭔가를 하루 하루 잃어버리는 기분이 들곤 했다.

큰맘 먹지 않고서도 충분히 할 수 있는 일상의 소소한 것 중 하나를 그는 오랜만에 붙잡았다.

3월의 하늘이 황혼에 물들어 빨갛게 익은 채 온 세상을 들여다본다.

하늘도, 바다도, 숲도, 사람도… 가만 보면 이 세상은 온전한 자신을 가진 것이 하나도 없어 보인다.

자신을 똑바로 바라보며 지키는 자들도 없어 보인다.

흔들리고 물들면서 모두가 조금씩 변해간다.

조금씩 쌓여가는 그 변화는 어느 순간부터 자신이 어떠한 사람인지조차 잊게 만든다.

누군가는 이를 성장이라고 하고, 또 누군가는 이를 도태라고도 한다.

순수함을 잃어가는 아이, 동심을 잃은 어른… 잃어가는 자들과 잃어버린 자들의 세상에서 살아가는 우리는 모두 조금씩 잊혀가는 그런 미약한 존재가 아닐까.

오랜만에 외조부의 말씀들을 떠올리며 느림의 미학 속에 제 몸을 맡겨보는 현성이다.

큰길을 지나고, 좁고 구불구불한 경사진 길을 지난다.

'창가에서 봤던… 그 산이네.'

그는 집으로 안전하게 갈 수 있는 큰길을 살짝 벗어났다.

막연하게 저 길로 가면 어떨까? 하는 생각에 저도 모르게 한

발 한 발 딛다 보니 좁은 곳에서 밀려오는 묘한 안정감에 그만 길 끝까지 와버렸다.

산속에 약수터가 있는지 사람들이 물통을 하나씩, 혹은 두 개씩 들고 내려온다.

올라가는 사람은 거의 보이지 않는다.

그리고 보니 식구들도 매일 아침마다 저 약수터에서 물을 떠 오곤 했다.

사람들이 현성을 힐끔거린다.

이곳은 특구다. 이곳에 사는 모든 사람에게 현성은 널리 알려진 인물이었다.

대개 사람들은 눈에 익은 사람을 만나면 미소나 눈웃음, 혹은 묵례를 습관처럼 건네곤 한다.

가끔 적극적으로 행동하는 사람들도 있지만.

사람들은 현성을 알아보았지만 약속이라도 한 듯 다들 모른 척 바삐 지나갔다.

'올라가 볼까?

산은 올라가는 것도 수고요, 내려가는 것도 수고다.

그래서 어떤 이들은 산을 오르는 곳이 아닌 바라보는 곳, 즉 풍경화라고 말한다.

현성은 놀랍게도 그 어떤 이들에 속하는 부류였다.

그럼에도 그의 지난 인생을 더듬어 살펴보면 꽤 오랜 시간을 그는 산속에서 생활했다.

물론 일상생활과 등산은 같을 수 없다.

그랬던 그가 지금 등산을 고려하고 있는 것이다.

발길 닿는 대로 발을 놀렸으니 오늘 그 끝을 보자. 이러한 심정으로 현성은 목적지와 정반대 방향인 약수터를 향해 걸음을 옮겼다.

사람들이 점점 드문드문해진다.

10분인가? 15분인가? 그쯤이 지나자 사람의 그림자는 아예 찾아볼 수도 없었다.

주변도 어느새 캄캄해졌다.

뭐, 그에게 어둠은 큰 애로 사항이 되지 않는다.

남들보다 특별하다는 점은 때론 자신의 정체성에 혼란을 주지만 그때를 제외한 대부분 상황에서는 안정과 편의를 제공한다.

바로 지금처럼.

약수터에서 한 모금의 물을 얻어 갈증을 풀고 도심이 내려다보이는 벤치에 앉았다.

주변을 감싼 어둠이 짙을수록 빛은 더 잘 보인다.

실무를 맡은 정부 관료들은 이 시간에도 식량과 에너지 확보를 위해 고심하고 있을 것이다.

그들의 전화통은 쉴 새 없이 오르락내리락할 것이며 교과서의 글씨처럼 그들은 크고 또박또박하게 자신들의 뜻을 상대에게 전할 것이다.

먹고사는 문제는 개인에게나 집단에게나 늘 골칫거리가 될 수밖에 없다.

안 먹고 살 수 있는 존재가 있다면 그는 꽤 많은 시간을 자신을 위해 활용할 수 있으리라.

그런 존재가 만약에 있다면 말이다.

띠리리리릭.

약수터의 정적을 휴대폰 벨 소리가 몰아낸다.

띠리리리릭.

받지 않으려고 버티던 현성은 송곳처럼 찔러대는 벨 소리가 너무 시끄러워 마지못해 핸드폰을 빼 들었다.

꾹.

빈대를 눌러 터뜨리듯 통화 버튼을 누른 현성은 그리 반갑지 않은 자의 음성을 듣게 됐다.

―나다.

유오찬이다.

"안다."

현성의 대꾸는 시큰둥하다.

잠깐의 정적이 흐른다.

현성은 오찬의 용건을 채근하지 않았다. 왜 전화했냐고.

오찬이 항복을 선언한다.

"…기분이 별론가 보군."

휴대폰인데도 술 냄새가 짙게 나는 느낌이다. 초저녁부터 술이라니. 전장에 나간 녀석의 팔자치곤 상팔자다.

그래도 무능하지 않으니 소소한 일탈을 군이 꼬집어 타박할 필요는 없으리라.

화랑단의 혁혁한 전공은 TV와 라디오에서 하루 종일 떠들어 댔다.

두 사람만 모여도 그 얘기가 빠지지 않는다.

"무슨 일이지?"

―진지하게 논의할 일이 있다. 올 수 있나?

"그러지."

―장소를 전송하지.

엉덩이를 툭툭 털고 일어선 현성은 크게 기지개를 켠 뒤 숲 향이 물씬한 찬 공기를 폐부 깊이 빨아들였다.

두어 번의 큰 호흡을 끝내자 휴대폰이 다시 울린다.

스팟.

현성의 모습은 어둠에 휩싸인 한적한 약수터에서 순식간에 자취를 감췄다.

그가 모습을 드러낸 곳은 유오찬의 개인 거처였다.

오찬이 자리를 권하자 현성이 그곳에 앉았다.

공기 중에는 채 가시지 않은 술 냄새가 아직 남아 있었다.

"혹시 쿠리야마 가문에 대해 들어본 적 있나?"

현성이 어찌 그들에 대해 알겠는가.

"아니."

"그들은 스킬러 이전에도 일본 내에서 대단한 영향력을 행사했던 가문이다. 일본 우익의 양대 산맥이었지. 그러한 가문에 세 명의 스킬러가 나타났다. 물론 직계야. 그것도 형제지. 쿠리야마 나카무라, 쿠리야마 이노우에, 쿠리야마 히치로."

오찬이 잠시 말을 끊더니 갈증이 올라온 듯 물을 찾았다.

하지만 실내엔 물이 없었다.

"잠시만 기다려. 물 좀 갖고 올 테니까. 아, 뭐 마실래?"

"초코 우유."

오찬은 황당한 표정으로 현성을 바라보았다.

어떻게 저런 표정으로, 저런 목소리로 초코 우유를 찾는단 말인가.

놀리려는 의도인가? 아니면 단순한 농담일까? 전자라면 기분이 좀 상할 것이요, 후자라면 그간의 노력이 결실을 본 것이 아닌가.

순간 쿠리야마 히치로 사건이 불쑥 떠오른다.

다 된 밥에 떨어진 재. 현성이란 완벽한 밥에 히치로는 짜증스러운 재였다.

재가 묻었다고 어찌 밥을 다 버릴 수 있으랴.

"농담이냐?"

"아니."

현성이 단호하게 말하자 오찬은 내심 실망했다.

그가 긍정적인 대답을 해주었다면 자신의 선택에 보다 만족할 수 있었을 텐데.

"초코 우유라… 확률은 낮지만 찾아보도록 하지."

아쉬움을 뒤로하며 오찬은 직접 물과 초코 우유를 가지러 갔다.

그의 위치쯤 되면 부리는 비서만 해도 서넛은 될 텐데.

　오찬 앞에선 단호하게 자신의 뜻을 굽히지 않았던 현숙이었지만 지금은 그 모습을 찾아볼 수 없었다.

　선우현성을 보호하려는 오찬의 태도가 이해되지 않는 것은 아니었다.

　그의 능력은 대단하다, 인정하지 않을 수 없을 만큼.

　하지만 오찬과 현성을 마음의 저울에 올려서 다노라면 저울은 오찬 쪽으로 기울었다.

　가능성이 조금만 더 높았다면 현숙 역시 오찬이 아끼는 현성을 제물로 던져 주고 싶은 마음은 먹지 않았을 것이다.

　장차 생각할 때 그의 존재는 분명 큰 도움이 될 것이기 때문이었다.

　'그 버러지 같은 족속들을 하나도 남김없이 갈기갈기 찢어 먼지처럼 날려 버렸으면.'

　하아.

　이 과격한 심정과 달리 그녀는 현실을 직시해야 했다.

　이것이 그녀의 업무이자, 임무이며, 비참하게 먼저 간 여동생에 대한 최소한의 의리였다.

　쿠리야마가의 능력과 그들의 추진력을 생각해 볼 때 시간이 좀 걸릴 뿐이지 진상은 밝혀질 것이다.

　저들은 어디서부터 조사해야 하고 누구를 주시해야 하는지 너무도 잘 알고 있다.

쿠리야마 히치로. 그자만 죽지 않았어도 사태는 지금보다 훨씬 더 수월했을 텐데.

이 생각만 떠올리면 또다시 피가 거꾸로 치솟는 듯했다.

'시신이라도… 온전히 남겼다면 상황은 달라졌을까?'

설레설레.

돌이킬 수 없다.

지구 상에 존재하는 그 어떤 스킬러도 죽은 자를 부활시킬 수 없으며 시간은 더더욱 되돌릴 수 없다.

현실을 직시하고 최선의 방법을 시행해야 한다.

현숙이 최선이라 믿는 일은 단 하나, 오찬을 그들의 위협으로부터 보호하는 것이었다.

그러자면 선우현성이란 인물을 던져 줄 수밖에 없다.

더 이상의 고민은 무가치하다.

그녀는 결정을 내렸다.

그리고 이런 일은 신속하게 처리해야 한다.

'이노우에라면 양국 지부의 마찰은 피하려고 할 것이야. 중국 지부를 저들 역시 경계하고 있을 테니까.'

이제 고민은 내려놓으리라.

이번 일로 유오찬이 자신에게 크게 실망하더라도 어쩔 수 없다.

인생을 살다 보면 누군가는 손에 오물과 피를 묻혀야 한다.

모든 인간이 동등하게 살 수는 없지 않겠는가.

그때였다. 정체불명의 남자 셋이 유령처럼 튀어나왔다.

"누, 누구냐!"

현숙이 반항하기도 전에 세 남자 중 하나가 번개 같은 솜씨로 그녀의 명치에 주먹을 찔렀다.

퍼억.

현숙은 머릿속에서 무언가가 뚝 하고 끊어지는 느낌을 받았다.

그 느낌은 거대한 블랙홀이 되어 현숙의 의식을 모조리 삼켜 버린다.

털썩.

세 남자는 등장할 때와 마찬가지로 유령처럼 퇴장했다.

스팟!

*   *   *

"코코아 가루는 있더군. 흰 우유에 타 먹으면 초코 우유와 비슷할 거야."

오찬은 초등학교 이후부터 지금까지 전혀 초코 우유를 입에 대지 않았다.

남자가 마실 음료로 초코 우유는 매우 부적절하다는 게 그의 생각이었다.

초코 우유가 어떤 맛이더라? 지금은 가물가물한 오찬이다.

현성은 오찬이 권한 대로 코코아 가루를 우유에 넣어 저었다.

우유가 차가워서 그런지 가루는 좀처럼 녹지 않았다.

탁.

인생에서는 가끔 차선책도 선택해야만 한다.

초코 우유와 코코아 우유. 현성은 코코아 우유를 과감히 포기했다.

"다음엔 초코 우유를 구비해 두도록 하지."

"됐다."

"괜히 사람 미안하게 만드는군. 흠."

"미안해할 필요는 없다. 각자 취향이 달라서 그런 거니까."

"크크크크."

오찬이 웃음을 터뜨린다.

나직했던 그 웃음이 점점 커졌다.

"왜 웃지?"

"아, 기분 나빴다면 미안. 초코 우유 때문에 웃을 일이 있을 것이라곤 전혀 생각해 보지 않았거든. 앞으로 우울할 때마다 초코 우유를 떠올려야겠어. 하하하하."

"날 부른 용건이나 말해."

"선우 본부장, 내가 너보다 일곱 살이 많아."

"그래서?"

"휴우, 됐다. 하긴 이편이 친숙한 느낌이 들긴 하지. 앞으로도 쭉 반말해라."

"그러지."

잔뜩 뿔난 고집쟁이 막냇동생을 바라보는 큰형처럼 오찬은 현성을 본다.

물론 그에겐 동생이 없다.

"후후. 자, 그럼 본론으로 들어가도록 하지."

굉장히 어둡고 무거운 주제다.

좀 전까지만 해도 이 주제에 대해서 몹시 심각하게 고민했던 유오찬이다.

그랬던 그가 지금은 일상의 소소한 이야기를 꺼낼 때의 기분으로 한결 가볍게 말하고 있었다.

현성은 그의 말을 끊지 않고 조용히 기다린다.

그 기다림은 길지 않았다.

"노기찬의 거점에서 처리한 일본인들 말이야. 그중 쿠리야마가의 막내가 있었던 것 같다."

쿠리야마 가문은 일본 지부와 별개로 그 영향력이 막강한 가문이다.

특히 우익 성향의 일본인들을 선도해 왔다.

인간이든 짐승이든 관계없이, 규모의 크기에도 상관없이 무리에는 위계가 존재한다.

위계를 상중하로 나누어 일본 지부 내에서의 쿠리야마 가문을 설명하라면 상급으로 분류할 수 있다.

그리고 대분류인 국제 비밀 조직 내에서 등급을 매긴다면 일본 지부와 한국 지부 역시 차이가 발생한다.

굳이 따지라면 일본 지부를 한국 지부의 윗선으로 봐야 할 것이다.

객관적인 부분으로 국토 면적과 인구수, 군사력과 경제력, 기술력에서도 일본은 한국보다 앞선다.

최근 국력의 중요한 잣대로 자리매김한 스킬러와 스킬러 나이트 숫자에서도 그들이 한국보다 우위를 차지하고 있었다.

정당으로 치면 한국은 의결 정족수를 간신히 채운 약소한 정당으로 봐야 할 것이다.

"정승 집 개를 때려잡았군."

"적절한 비유로군. 맞아. 그것도 고약한 정승 집 개를 때려잡았지."

현성은 이 일이 자신이 원하든 원치 않든 비켜갈 수 없는 일이란 걸 깨달았다.

"확실한가?"

"99.9999퍼센트지."

"문제의 봉합이 시급하겠군. 대책은?"

남 일처럼 말했지만 실상 현성의 머릿속은 이 순간 복잡하게 얽히고설켰다.

선택은 두 가지다.

바늘이 되느냐, 실이 되느냐다.

바늘은 물체를 뚫을 수 있지만 실은 자체적으로 그러지 못한다.

바늘에 매달려야만 비로소 실은 물체를 뚫을 수 있으며 제 구실도 할 수 있게 된다.

실이 되어 바늘―유오찬―의 뜻대로 움직일까? 아니면 자신이 바늘이 되어 움직일까.

어느 편을 택할까.

인생은 선택의 연속이다. 크든 작든 늘 우리는 선택에 직면하게 된다.

미래를 모르기에 선택은 언제나 불안감을 동반하게 마련이고 이 감정에서 자유로운 사람은 거의 없을 것이다.

이는 현성 역시 마찬가지였다. 특유의 무표정에 가려져 있을 뿐.

"아직."

"날 부른 건 그 문제를 상의하기 위한 것인가?"

오찬의 직위와 그가 지닌 권력은 일방적인 명령과 통보가 가능하다.

그럼에도 오찬은 단 한 번도 현성에게 이와 같은 방식으로 제 권위를 내세우지 않았다.

그가 조금이라도 거만하고 권위적인 인물이었다면 현성과 그는 영원한 평행선으로 달렸을 것이다.

"두 가지 방법이 있다. 이 중 하나를 너와 내가 선택하는 거야. 하나는 우리의 주권을 중국에 넘겨주는 거야. 그들은 예나 지금이나 아시아의 맹주가 되길 원하니까 분명 환영할 거야. 이 일의 단점은 대부분의 국민이 착취의 대상으로 전락하게 된다는 거지. 소수의 인간들, 스킬러 혹은 나이트의 경우엔 좀 더 나은 대우를 받을 거야. 깐깐한 주인 밑에 눈치 보는 처지는 면치 못하겠지만. 후후."

"두 번째는?"

"두 번째는 문제의 원인을 제거하는 거지. 정면 돌파! 난 사실 두 번째가 더 마음에 들어."

"내가 알던 내용과 다르군. 지부 간 전쟁은 금지 아닌가?"

오찬이 어깨를 으쓱거리며 설명한다.

"맞아. 하지만 조직엔 이런 규칙도 있어. 함축하면… 음, 이 말로 대체할 수 있겠군. 진실은 항상 승자가 만든다! 그런 눈빛 하지 마라. 너 죽고 나 살자는 뜻이 아니니까."

"풀어서 설명해 줬으면 좋겠군."

"간단해. 쿠리야마 히치로 놈을 네가 죽였어. 어찌 됐든 그게 결과니까 그 결과에 대한 책임을 네가 져야지. 하지만! 그건 대한의 남아로선 할 짓이 아니지. 그래서 나와 너, 이렇게 둘이서 연대 책임을 지자는 거야."

"나 혼자 져도 상관없다."

진실은 항상 승자가 만든다고 유오찬이 말했다.

그 말인즉 싸워서 이기면 된다는 의미가 아니겠는가.

어떤 방식인지는 알 수 없지만 적어도 제 손으로 벌인 일에 대해서만큼은 남에게 이를 전가하고 싶지 않았다.

이것이 현성의 생각이자 그의 인생철학이기도 했다.

"그러길 바라?"

"물론이다."

"하아, 안타깝군."

"……?"

"나, 할 일 많은 거 너도 알 거야. 후이넘 소탕해야지, 구린 생각만 가득한 놈들 감시해야지, 상부의 움직임을 예의 주시해야지, 모두가 잘 먹고 잘살 수 있는 길을 궁리해야지. 휴우, 열거하고 보니 섶을 지고 불구덩이에 뛰어든 인생이군. 크크."

"네 자랑은 딴 데서 해."

"삭막한 녀석. 좋아, 내가 너와 동참할 수밖에 없는 이유를 말해주지. 지부장인 내가 참가하지 않으면 진실의 콜로세움—원형 투기장—이 성립되지 않거든. 그래서 너와 내가 함께해야 한다는 거야."

현성은 진실의 콜로세움이란 말을 속으로 되뇐다.

2대2의 싸움일까? 그렇다면 지지 않을 자신은 있다.

하지만 유오찬의 태도를 보아하니 정당한 방식의 대결은 아닐 것 같단 생각이 들었다.

"대결 방식은?"

"과실을 굳이 따져야 한다면 저들보단 우리 쪽이 더 크다고 볼 수 있겠지. 분하지만 어쩔 수 없어. 그러니 저들이 원하는 대로 이쪽은 싫어도 따를 수밖에. 당연한 말이겠지만 우리가 불리할 거야."

"저들이 입맛대로 판을 짠다는 소리군. 무슨 말인지 알아들었다."

"당황하지 않는군. 뭐, 그게 네 매력이니까."

오찬의 표정과 말투는 꼭 자신과 관계없는 타인의 상황에 대해서 이야기하는 것 같았다.

원래부터 녀석은 낙천가였을까? 아니면 낙승을 낙관해서일까. 후자라면 녀석에게 숨은 꿍꿍이나 방법이 있다는 소리일 테고. 아니라면 죽는 게 소원인 녀석일 것이다.

머릿속이 더 복잡해진 현성은 오찬이란 인물에 대한 평가를 털어버렸다.

"호들갑을 떨어서 바뀐다면 얼마든지 떨어줄 수 있다."

"호오, 천하의 선우현성이 그럴 수 있단 말이야? 음… 됐어. 그건 너와 전혀 어울리지 않아. 혹시라도 그런 널 보게 되면 내 멘탈에 문제가 생길 것 같아. 그러니까 초지일관 그 캐릭터로 쭈욱 밀고 나가. 난 그 모습이 더 편하니까. 자아, 그럼 이 일에 동의하는 걸로 접수하도록 하지."

히죽.

현성은 오찬의 웃음을 볼 수 있었다.

하지만 그것을 웃음이라고 하기에는 중요한 무언가가 빠져있었다.

그건 그저 단순한 근육의 비틀림이다.

사냥감의 목줄을 물어뜯기 전에 짓는 맹수의 근육 이완 같은 것이리라.

그래도 불안감에 떠는 것보다, 미성숙한 정신의 답답이들이 하는 징징거림보단, 그나마 저편이 훨씬 낫다.

이를 지적할 필요는 없었다.

"그 웃음의 의미는 뭐지?"

"승리의 웃음을 미리 연습해 본 거야."

적의로 가득한 웃음.

저 웃음에 이름을 굳이 붙여야 한다면 이 이름이 적당하리라.

"자신만만하군."

"당연하지 않나? 지상 최강의 스킬러 나이트와 함께하는데 내가 왜 떨어? 우리 함께 삼겹살의 오돌뼈 씹듯이 놈들을 오독오독 씹어주자고. 크크."

오찬이 현성을 향해 불쑥 악수를 청한다.

녀석이 내민 손을 현성은 대놓고 무시했다.

무안할 수 있는 상황이었지만 녀석은 전혀 무안해하지 않고 당당하게 말했다.

"나, 손 씻었다. 잡아도 문제없어."

또 무시한다.

"일정 잡히면… 문자 해. 네 목소리 듣기 별로야."

스팟.

이 말을 끝으로 현성의 모습은 오찬의 거처에서 순식간에 자취를 감추었다.

"수줍어하긴."

표정이 사라진 오찬이 고개를 뒤로 젖힌다.

천장의 무늬가 그의 눈엔 성난 바다 위를 떠도는 위태로운 돛단배처럼 보였다.

마음이 만들어낸 착각이리라.

'큰소리를 치긴 했지만 잘될지 모르겠군.'

복잡한 속내가 작은 한숨과 함께 그의 내부를 꽉 채운다.

띠리리리릭.

오찬의 휴대폰이 요란한 소리를 낸다.

흐트러진 정신을 그러모아 수습한 오찬이 통화 버튼을 꾹 눌렀다.

"보고해."

─일은 무사히 끝마쳤습니다.

"수고했다. 그녀는 다치지 않았겠지?"

─예.

"내가 연락할 때까지 그녈 잘 지켜야 한다."

굳은 얼굴로 통화를 끝낸 오찬은 자리를 털고 일어나 샤워실로 들어갔다.

한참 후 샤워실을 나선 그는 옷장에서 가장 단정한 옷을 골라 입은 뒤 로마를 향해 공간 이동을 했다.

결정을 내린 이상 시간을 끌어 봐야 불안감만 가중될 뿐이다.

그리고 이런 말도 있지 않은가. 매도 먼저 맞는 게 낫다는.

『스킬러』 6권에 계속…

이모탈 퓨전 판타지 소설
FUSION FANTASTIC STORY
워리어
Warrior
최강의 병기 메카닉 솔져,
판타지 세계로 떨어지다!
서기 2051년.
세계 최초의 메카닉 솔져 이산은
새로운 세계에 발을 딛게 된다.
"나는… 변한 건가?"
차가운 기계에서 따뜻한 피가 흐르는 인간으로!
카이론의 이름으로 새롭게 시작하는
진정한 전사의 일대기!
Book Publishing CHUNGEORAM
유행이 아닌 자유추구 -
www.chungeoram.com

내일을 향해 쏴라

김형석 장편 소설

FUSION FANTASTIC STORY

1만 시간의 법칙!
'성공은 1만 시간의 노력이 만든다' 는 뜻이다.

그러나…
사회복지학과 복학생 수.
전공 실습으로 나간 호스피스 병동에서
미지와 조우하다.

1만 시간의 법칙?
아니, 1분의 법칙!

**전무후무한 능력이 수에게 강림하다!
맨주먹 하나로 시작한 수의
인생역전이 시작된다!**

Book Publishing CHUNGEORAM

울림이 아닌 자유추구-
WWW.chungeoram.com

네르가시아 장편 소설
FUSION FANTASTIC STORY

THE MODERN
MAGICAL
SCHOLAR

현대 마도학자

나르서스 제국의 전쟁영웅이자
마나코어를 개발한 천재 마도학자 카미엘!

그러나 제국의 부흥을 위한 재물이 되어
숙청당하는데…….

『현대 마도학자』

죽음 끝에 주어진 또 다른 삶.
그러나 그에게 남겨진 것은 작은 고물상이 전부였다.

더 이상의 밑은 없다!
마도학자의 현대 성공기가 시작된다!

Book Publishing CHUNGEORAM

북검전기

우각 新무협 판타지 소설

FANTASTIC ORIENTAL HEROES

2014년의 대미를 장식할,
작가 우각의 신작!

『십전제』, 『환영무인』, 『파멸왕』···
그리고,

『북검전기』

무협, 그 극한의 재미를 돌파했다.

북천문의 마지막 후예, 진무원.
무너진 하늘 아래 홀로 서고, 거친 바람 아래 몸을 숙였다.

살기 위해! 철저히 자신을 숨기고
약하기에! 잃을 수밖에 없었다.

심장이 두근거리는 강렬한 무(武)!
그 걷잡을 수 없는 마력이,
북검의 손 아래 펼쳐진다!

Book Publishing CHUNGEORAM

유행이 아닌 자유추구 -
WWW.chungeoram.com

용마검전
FANTASY FRONTIER SPIRIT
김재한 판타지 장편 소설

「폭염의 용제」, 「성운을 먹는 자」의 작가 김재한!
또다시 새로운 신화를 완성하다!

『용마검전』

사악한 용마족의 왕 아테인을 쓰러뜨리고
용마전쟁을 끝낸 용사 아젤!

그러나 그 대가로 받은 것은 죽음에 이르는 저주.
아젤은 저주를 풀기 위해 기나긴 잠에 빠져든다.

그로부터 220년 후……

긴 잠에서 깨어난 아젤이 본 것은
인간과 용마족이 더불어 살아가는 새로운 세상이었다.

Book Publishing CHUNGEORAM

유행이 아닌 자유추구 -
WWW.chungeoram.com